EDITORIAL PRESENÇA

A VIAGEM
DO *CAMINHEIRO*
DA ALVORADA

C. S. LEWIS

As Crónicas de Nárnia

A VIAGEM DO *CAMINHEIRO DA ALVORADA*

Volume V

Ilustrações de Pauline Baynes

NARNIA®

www.narnia.com

FICHA TÉCNICA

Título original: *The Voyage of the* Dawn Treader – *The Chronicles of Narnia*
Autor: *C. S. Lewis*

Tradução: *Ana Falcão Bastos*
Revisão de texto: *Carlos Grifo Babo*
Composição, impressão e acabamento: *Multitipo — Artes Gráficas, Lda.*
1.ª edição, Lisboa, Janeiro, 2004
Depósito legal n.° 203 976/03

EDITORIAL PRESENÇA
Estrada das Palmeiras, 59
Queluz de Baixo
2745-578 BARCARENA
Email: info@editpresenca.pt
Internet: http://www.presenca.pt

A Geoffrey Corbet

Planta do
Caminheiro da Alvorada
CASTELO DA PROA
POPA
leme
convés da popa
vigia
escotilha
bote
capoeira
camarote de Lucy
camarote de Drínian
cozinha
camarote da popa
postos de
combate
estibordo
camarote de Caspian
bombordo

ÍNDICE

TERRAS BRAVIAS do NORTE

AS SETE

MUIL

Porto Vermelho

BRENN

NÁRNIA

A ANGRA de CALORMEN

GALMA

Cair Paravel

TEREBÍNTHIA

ARCHENLAND

CALORMEN

A primeira parte da VIAGEM
Foi por aqui que chegaram ao navio
AS ILHAS SOLITÁRIAS
FELIMATH
AVRA
DOORN
O GRANDE OCEANO ORIENTAL

1

O QUADRO NO QUARTO

Era uma vez um rapaz chamado Eustace Clarence Scrubb, que em inglês quer dizer insignificante ou mesquinho, o que era bem feito para ele. Os pais chamavam-lhe Eustace Clarence e os professores Scrubb. Não vos posso dizer como o tratavam os amigos, porque não tinha nenhuns. Não tratava os pais por «pai» e «mãe», mas por Harold e Alberta. Estes eram pessoas muito modernas e avançadas — vegetarianos, não fumadores e abstémios — e usavam uma roupa interior especial. Tinham muito poucas mobílias em casa, muito pouca roupa nas camas e as janelas estavam sempre abertas.

Eustace Clarence gostava de animais, sobretudo de escaravelhos, se estivessem mortos e espetados com um alfinete num cartão. Gostava de livros, desde que fossem educativos e tivessem gravuras de debulhadoras de cereais ou de miúdos estrangeiros gordos a fazerem exercícios em escolas-modelo.

Eustace Clarence não gostava dos primos, os quatro Pevensies — Peter, Susan, Edmund e Lucy. Mas ficou muito contente quando ouviu dizer que Edmund e Lucy iriam passar uma temporada em sua casa, pois, lá bem no fundo, gostava de mandar e de armar em valentão; e, embora fosse uma criaturinha insignificante, que nem conseguia fazer frente a Lucy numa luta, quanto mais a Edmund, sabia que há dezenas de maneiras de fazer as pessoas passarem um mau bocado quando estão em nossa casa e são apenas visitas.

Edmund e Lucy não queriam ir para casa do tio Harold e da tia Alberta, mas não tiveram outro remédio. O pai arranjara um emprego numa universidade americana, onde daria aulas durante as seis semanas desse Verão, e a mãe ia com ele porque não tinha férias a sério havia dez anos. Peter estava a trabalhar muito para um exame e ia passar as férias com o velho Professor Kirke, em cuja casa as quatro crianças tinham tido aventuras maravilhosas havia muitos anos, no tempo da guerra. Se ainda morasse na mesma casa, teria dito a todos que ficassem lá. Mas era agora muito mais pobre e vivia numa casinha de campo onde só havia um quarto livre. Teria sido muito caro levar os outros três para a América e Susan fora a única a ir. Os adultos achavam-na a menina bonita da família e não era grande coisa na escola (embora noutros aspectos fosse precoce para a idade), de modo que a mãe disse que «ela lucraria muito mais com uma viagem à América do que os mais pequenos». Edmund e Lucy tentaram não invejar a sorte de Susan, mas era terrível terem de passar as férias grandes em casa dos tios.

— Para mim ainda é pior — disse Edmund. — Tu ainda vais ter um quarto só para ti, mas eu vou ter de partilhar o meu com aquele melga do Eustace.

A nossa história começa numa tarde em que Edmund e Lucy estavam a passar uns minutos preciosos sozinhos. E, claro, estavam a falar de Nárnia, que era o nome do seu país secreto. Creio que quase todos nós temos um país secreto, mas, para a maioria, trata-se de um país imaginário. Nesse aspecto, Edmund e Lucy eram mais felizes do que as outras pessoas, pois o seu país secreto era verdadeiro. Já o tinham visitado duas vezes — não num jogo ou em sonhos, mas na realidade. Tinham lá chegado por artes mágicas, que é a única maneira de chegar a Nárnia. E tinham tido em Nárnia uma promessa, ou qualquer coisa muito semelhante a uma promessa: a de que um dia iriam voltar. Por isso podem imaginar que falavam bastante do assunto sempre que havia oportunidade.

Estavam no quarto de Lucy, sentados na beira da cama dela e a olhar para um quadro na parede à sua frente. Era o único quadro da casa de que gostavam. A tia Alberta não gostava nada dele (e fora por isso que o pusera num quartinho dos fundos, no andar de cima), mas não podia livrar-se dele, pois fora um presente de casamento de alguém que não queria ofender.

Representava um barco — um barco a navegar direito a quem o olhava. A proa era dourada e esculpida como a cabeça de um dragão com a boca aberta. Só tinha um mastro e uma grande vela quadrada, de um púrpura intenso. Os flancos do barco — o que se podia ver deles, onde terminavam as asas douradas do dragão — eram verdes. Tinha acabado de subir para o alto de uma maravilhosa onda azul e cheia de espuma, que parecia estar a aproximar-se de quem olhava o quadro. O barco parecia impelido por um vento vivo, que o fazia inclinar-se para bombordo. (A propósito, se vão ler esta história até ao fim, e se ainda não sabem, é bom que fixem que a esquerda de um barco, quando se está a olhar para a frente, se chama *bombordo* e a direita *estibordo*.) A luz do sol incidia-lhe desse lado e aí a água era cheia de verdes e de púrpuras. Do outro lado era de um azul mais escuro devido à sombra que o barco fazia.

— O problema é saber se não será pior *olhar* para um barco de Nárnia quando não se pode lá chegar — disse Edmund.

— Olhar é melhor do que nada. E aquele é um verdadeiro barco narniano.

— Continuam com a brincadeira do costume? — perguntou Eustace Clarence, que estivera a escutar à porta e entrou no quarto com um sorriso trocista.

No ano anterior, durante uma temporada que passara com os Pevensies, conseguira ouvi-los falar de Nárnia e adorava implicar com eles a esse respeito. É claro que pensava que estavam a inventar tudo aquilo; e, como era demasiado estúpido para inventar fosse o que fosse, não aprovava que outros o fizessem.

— Não fazes cá falta — disse Edmund com brusquidão.

— Estou a tentar fazer uma rima — respondeu Eustace. — Uma coisa do género:

Uns miúdos que inventavam coisas sobre Nárnia
Foram ficando cada vez mais parvos...

— Para começar, *Nárnia* e *parvos* não rima — observou Lucy.

— É uma assonância — esclareceu Eustace.

— Não lhe perguntes o que é uma asso-não-sei-quantos — aconselhou Edmund. — Está morto por explicar. Não digas nada, que talvez se vá embora.

A maioria dos rapazes, perante uma recepção daquelas, ter-se-ia ido embora ou ficado irritado. Mas Eustace não fez uma coisa nem outra. Limitou-se a ficar ali com o seu sorriso trocista, até que acabou por voltar a falar:

— Gostam desse quadro? — perguntou.

— Pelo amor de Deus, não o deixes começar a falar de pintura e coisas do género — apressou-se Edmund a dizer.

Mas Lucy, que era muito sincera, já lhe estava a responder:

— Gosto, sim. Gosto muito.

— É uma porcaria dum quadro — disse Eustace.

— Se fores lá para fora, já não o vês — atalhou Edmund.

— Por que gostas dele? — perguntou Eustace a Lucy.

— Bem, gosto dele porque o barco parece estar mesmo a avançar. E a água dá a ideia de que pode realmente molhar. E as ondas parecem subir e descer.

Está claro que Eustace sabia uma quantidade de respostas para explicar tudo isto, mas não disse nada. E isto porque, nesse preciso momento, olhou para as ondas e apercebeu-se de que elas pareciam mesmo subir e descer. Só uma vez tinha estado num barco (e mesmo então não fora mais longe do que a Ilha de Wight) e enjoara terrivelmente. Olhar para as ondas do quadro fê-lo sentir-se outra vez agoniado. Ficou muito verde e tentou olhar de novo. E então as três crianças ficaram de olhos arregalados e boca aberta.

O que viam pode ser difícil de acreditar lido num livro, mas foi quase tão difícil de acreditar para quem o viu acontecer. As coisas no quadro estavam a mexer-se. Não era de modo algum como no cinema, pois as cores eram demasiado reais e nítidas. A proa do barco desceu, mergulhou na onda e fez um montão de espuma. A seguir ergueu-se uma onda atrás do barco e a popa e a coberta ficaram visíveis pela primeira vez, desaparecendo quando a onda seguinte embateu contra ele, erguendo de novo a proa. No mesmo instante, as folhas de um caderno que se encontrava em cima da cama ao lado de Edmund abriram-se e o caderno subiu e voou pelo ar até à parede atrás do rapaz; Lucy sentiu o cabelo esvoaçar-lhe à volta do rosto, como acontece num dia de vento. E era realmente um dia de vento; mas este soprava do quadro direito a eles. E, de súbito, com o vento chegaram os ruídos — o correr das vagas, a água a bater contra os flancos do barco e o rugido constante e dominador do vento e da água. Mas foi o cheiro penetrante a maresia que de facto convenceu Lucy de que não estava a sonhar.

— Parem com isso — disse Eustace numa voz esganiçada de medo e de raiva. — Estão a pregar-me uma partida estúpida. Parem. Vou fazer queixa à Alberta... Au!

Embora os outros dois estivessem muito mais habituados a aventuras, no preciso momento em que Eustace Clarence exclamou «Au!» também eles soltaram uma exclamação idêntica — uma grande onda fria e salgada saltara da moldura e deixara-os sem respiração com o embate, além de os encharcar.

— Vou dar cabo dessa porcaria! — gritou Eustace.

Nessa altura aconteceram diversas coisas ao mesmo tempo. Eustace correu para o quadro. Edmund, que sabia alguma coisa de magia, deu um salto atrás dele, avisando-o de que tivesse cuidado e não fosse palerma. Lucy agarrou-o pelo outro lado e foi arrastada para a frente. E, por essa altura, ou eles se tinham tornado muito mais pequenos, ou o quadro se tinha tornado maior. Eustace deu um salto para tentar arrancá-lo da parede e deu por si em pé em cima da moldura; à sua frente não havia vidro, mas mar verdadeiro, vento e ondas a embaterem na moldura como se esta fosse um rochedo. De cabeça perdida, o rapaz agarrou-se aos outros dois, que tinham saltado para o seu lado. Houve um segundo em que esbracejaram e gritaram e, no momento em que pensaram que se tinham conseguido equilibrar, viram-se rodeados por uma grande vaga azul que os fez desequilibrarem-se e os arrastou para o mar. O grito desesperado de Eustace foi subitamente interrompido quando a água lhe entrou para a boca.

Lucy agradeceu à sua boa estrela ter-se esforçado tanto nas aulas de natação nas férias grandes. É certo que teria conseguido melhores resultados se movesse os braços mais devagar e também é verdade que a água estava muito mais fria do que lhe parecera quando tudo aquilo era apenas um quadro. Mesmo assim, não perdeu o sangue-frio e descalçou os sapatos, como

toda a gente que cai à água vestida deve fazer. Inclusivamente, manteve a boca fechada e os olhos abertos. Estavam muito perto do barco e a garota viu o seu flanco verde erguido bem alto acima deles e pessoas a olharem da coberta. Depois, como seria de esperar, Eustace agarrou-se a ela cheio de pânico e foram ambos ao fundo.

Quando voltaram à superfície, Lucy viu uma silhueta branca mergulhar da embarcação. Agora Edmund estava mesmo ao lado dela e tinha agarrado os braços de Eustace, que berrava. Depois, outra pessoa qualquer, com um rosto que lhe era vagamente familiar, meteu um braço por baixo dela, do outro lado. Houve uma grande gritaria no barco, cabeças amontoadas sobre os baluartes, cordas a serem atiradas. Edmund e o desconhecido estavam a atar cordas à roda dela. A isto seguiu-se o que lhe pareceu uma grande espera, durante a qual ficou com o rosto roxo e os dentes a baterem. Na realidade, a demora não foi grande, mas tiveram de esperar até ao momento em que a puderam içar para bordo do barco sem que chocasse com o casco. Mesmo com todos estes cuidados, estava com um joelho negro quando finalmente se pôs de pé, a escorrer e a tiritar, no convés. A seguir puxaram Edmund para bordo e depois o desgraçado do Eustace. O último a subir foi o desconhecido — um rapaz de cabelo louro, uns anos mais velhos do que Lucy.

— Cas... Cas... Caspian — gaguejou Lucy, mal recuperou a respiração.

Era mesmo Caspian, o rapazinho que era Rei de Nárnia e a quem eles tinham ajudado a subir ao trono durante a sua última visita. Também Edmund o reconheceu imediatamente. Os três deram apertos de mão e palmadinhas nas costas uns dos outros.

— Mas quem é o vosso amigo? — perguntou Caspian quase no mesmo instante, virando-se para Eustace com o seu caloroso sorriso.

Porém, Eustace estava a chorar muito mais do que qualquer rapaz da sua idade tem o direito de chorar quando não lhe aconteceu nada pior do que apanhar uma molha e não fazia senão berrar:

— Deixem-me ir. Deixem-me voltar. Não gosto disto.

— Deixar-te ir? Mas para onde? — perguntou Caspian.

Eustace correu para a amurada, pois esperava ver a moldura do quadro a erguer-se à tona de água e talvez até vislumbrar o quarto de Lucy. Mas o que viu foram ondas azuis salpicadas de espuma branca e um céu de um azul mais pálido, ambos a estenderem-se até ao horizonte. Talvez não possamos levar-lhe a mal por ter desanimado.

— Eh! Rynelf! — gritou Caspian a um dos marinheiros. — Traz vinho aromático para Suas Majestades. Vão precisar de qualquer coisa para vos aquecer depois do mergulho que deram.

Tratava Edmund e Lucy por Suas Majestades, pois muito tempo antes tinham sido Reis de Nárnia, tal como os seus irmãos Peter e Susan. O tempo narniano é diferente do nosso. Ainda que se passassem cem anos em Nárnia, voltar-se-ia ao nosso mundo à mesma hora do mesmo dia em que se tivesse partido. E, se se voltasse a Nárnia depois de passar uma semana aqui, poderia descobrir-se que ali tinham decorrido mil anos,

ou apenas um dia, ou até tempo nenhum. Nunca se sabia até lá chegar. Por conseguinte, quando os Pevensies visitaram Nárnia pela segunda vez, era como se (para os Narnianos) o Rei Artur tivesse voltado à Grã-Bretanha, como há quem diga que ainda há-de acontecer. E, em minha opinião, quanto mais cedo, melhor.

Rynelf voltou com o vinho aromático a fumegar num jarro e quatro taças de prata. Era mesmo o que vinha a calhar e, enquanto o bebiam aos golinhos, Edmund e Lucy sentiam o calor chegar-lhe às pontas dos pés. Mas Eustace fez caretas, cuspinhou, tornou a vomitar e recomeçou a chorar, perguntando se não tinham umas pastilhas efervescentes vitaminadas que pudesse tomar com água destilada e insistindo em que o deixassem em terra na paragem seguinte.

— Que belo companheiro de bordo nos trouxeste, Irmão — segredou Caspian a Edmund com uma risadinha.

Mas, antes que pudesse continuar, já Eustace recomeçara a gritar:

—Oh! Ui! Que raio é isto? Levem daqui este horror!

Desta vez tinha uma certa desculpa para se sentir surpreendido. Na verdade, uma coisa muito curiosa saíra do camarote para o tombadilho e aproximava-se lentamente deles. Poderia chamar-se-lhe — e era, na realidade — um Rato. Mas era um Rato de pé nas patas traseiras e com meio metro de altura. Tinha uma estreita faixa de ouro a cingir-lhe a cabeça, passando por baixo de uma orelha e por cima da outra, com uma grande pena carmesim espetada. (Como o pêlo do Rato era muito escuro, quase preto, o efeito era surpreendente e espectacular.) Tinha a pata esquerda pousada no punho de uma espada quase tão comprida como a sua cauda. O seu equilíbrio, ao atravessar com ar grave a coberta oscilante, era perfeito e as suas maneiras distintas. Lucy e Edmund reconheceram-no imediatamente — Ripitchip, o mais valente de todos os Animais Falantes de Nárnia, Chefe dos Ratos. Alcançara uma glória sem par na segunda Batalha de Beruna. Como sempre lhe acontecia, Lucy sentiu um desejo louco de pregar em Ripitchip ao colo e de lhe fazer festas. Mas, como muito bem sabia, esse era um prazer que sempre lhe estaria vedado, pois tê-lo-ia ofendido profundamente. Em vez disso, apoiou-se num joelho para falar com ele.

Ripitchip estendeu a pata esquerda, recuou a direita, fez um vénia, beijou-lhe a mão, endireitou-se, cofiou os bigodes e disse numa vozinha aguda e aflautada:

— Presto a minha homenagem a Vossa Majestade, bem como ao Rei Edmund. — (Nesta altura fez uma nova vénia.) — A este glorioso empreendimento só faltava a presença de Vossas Majestades.

— Ui, levem-me isso daqui — choramingava Eustace. — Detesto ratos. E nunca suportei animais de circo. São idiotas e vulgares... e sentimentais.

— Terei entendido bem? — perguntou Ripitchip a Lucy depois de ter fitado Eustace durante algum tempo. — Estará esta criatura singularmente descortês sob a protecção de Vossa Majestade? Porque, se assim não for...

Nesse momento, Edmund e Lucy espirraram ao mesmo tempo.

— Que disparate o meu deixar-vos aqui de pé todos molhados — disse Caspian. — Vão até lá abaixo para mudarem de roupa. É claro que podes ir ao meu camarote, Lucy, mas receio que não haja roupas de senhora a bordo. Tens de te contentar com alguma coisa minha. Sê simpático, Ripitchip, e indica-lhe o caminho.

— Para servir uma senhora até uma questão de honra tem de ceder... pelo menos por agora... — disse Ripitchip, olhando intensamente para Eustace.

Mas Caspian disse-lhes que se apressassem e daí a alguns minutos Lucy transpunha a porta do camarote da popa. Apaixonou-se imediatamente por ele — as três janelas quadradas a deitarem para o mar, o turbilhão da água na esteira do barco, os bancos baixos com almofadas em três lados da mesa, o candeeiro de prata pendente do tecto a oscilar (trabalho de anões, reconheceu imediatamente, devido à sua requintada delicadeza) e a gravura dourada representando Aslan, o Leão, na parede por cima da porta. Viu tudo isto num relance, pois Caspian abriu imediatamente a porta do lado de estibordo e disse:

— Aqui vai ser o teu quarto, Lucy. Venho só buscar alguma roupa seca para mim. — Enquanto falava ia remexendo num dos armários. — E depois deixo-te à vontade para mudares de roupa. Se atirares as tuas coisas molhadas para fora da porta, mando que as ponham as secar na cozinha.

Lucy sentiu-se tão bem como se estivesse há semanas no camarote de Caspian; e o movimento do barco não a incomodava, pois durante os tempos em que fora Rainha de Nárnia viajara muito. O camarote era minúsculo, mas bem iluminado e cheio de painéis pintados (tudo com aves, e animais, e dragões, e videiras); além disso, estava impecavelmente limpo. A roupa de Caspian era grande de mais para ela, mas lá se arranjou. Os sapatos, as sandálias e as botas dele estavam-lhe enormes, mas não se importava de andar descalça a bordo do navio. Quando acabou de se vestir, olhou pela janela para a água e respirou fundo: tinha a certeza de que iriam passar ali uma bela temporada.

2

A BORDO DO *CAMINHEIRO DA ALVORADA*

— Ah, já chegaste, Lucy — disse Caspian. — Estávamos mesmo à tua espera. Este é o meu capitão, o Senhor de Drínian.

Um homem de cabelo escuro apoiou-se num joelho e beijou-lhe a mão. Estavam também presentes Ripitchip e Edmund.

— Onde está o Eustace? — perguntou Lucy.

— Na cama — respondeu Edmund —, e não me parece possível ajudá-lo. Se tentarmos ser simpáticos, ainda fica pior.

— Entretanto — disse Caspian —, temos de conversar.

— Temos mesmo — retorquiu Edmund. — E primeiro, acerca do tempo. Pelo nosso, foi há um ano que te deixámos, antes da tua coroação. Quanto tempo passou em Nárnia?

— Exactamente três anos.

— E vai tudo bem?

— Não imaginas que eu deixava o meu reino e me fazia ao mar se não estivesse tudo bem — respondeu o Rei. — As coisas não podiam ir melhor. Agora não há problemas entre Telmarinos, Anões, Animais Falantes, Faunos, etc. E no Verão passado infligimos uma tal derrota a esses patifes dos gigantes da fronteira que eles agora nos pagam tributo. E tinha uma pessoa excelente para deixar como regente enquanto estou fora: Trumpkin, o Anão. Lembram-se dele?

— Querido Trumpkin — disse Lucy. — É claro que me lembro. A tua escolha não podia ter sido melhor.

— É leal como um Texugo e valente como... como um Rato — disse Drínian. Ia dizer «como um leão», mas reparou a tempo nos olhos de Ripitchip fixos nele.

— Para onde nos dirigimos? — perguntou Edmund.

— Bem, é uma longa história — respondeu Caspian. — Talvez se recordem de que, quando eu era criança, o meu tio Miraz, o usurpador, se livrou de sete amigos do meu pai (que podiam estar do meu lado), mandando-os explorar os Mares Orientais, desconhecidos, que ficam para lá das Ilhas Solitárias.

— Sim — disse Lucy. — E nenhum deles voltou.

— Isso mesmo. Bem, no dia da minha coroação, com a aprovação de Aslan, jurei que, se alguma vez conseguisse estabelecer a paz em Nárnia, navegaria para leste durante um ano e um dia a fim de encontrar os amigos do meu pai ou de ser informado das suas mortes, e que os vingaria se pudesse. Os seus nomes eram Revílian, Bern, Argoz, Mavramorn, Octésian, Restimar e... oh, o outro que é tão difícil de recordar...

— O Senhor Rhup, Majestade — disse Drínian.

— Rhup, claro, Rhup — confirmou Caspian. — É esta a minha principal intenção. Mas aqui o Ripitchip tem aspirações ainda maiores.

Todos os olhos se voltaram para o rato.

— Tão grandes como a minha coragem — confirmou este —, embora talvez tão pequenas quanto a minha estatura. Por que não haveríamos de ir até ao extremo oriental do mundo? Que iríamos lá encontrar? Creio que é aí o país de Aslan. É sempre de leste que o grande Leão chega, através do mar.

— Acho que é uma ideia — concordou Edmund num tom de voz cheio de respeito.

— Mas achas que o país de Aslan é desse género? — perguntou Lucy. — Quero dizer, o tipo de país para onde se pode navegar?

— Não sei — respondeu Ripitchip. — Mas, ainda eu era de berço, uma mulher dos bosques, uma dríade, ensinou-me este poema:

Onde céu e água se encontram
E onde as vagas se tornam doces
Ripitchip, está ciente de
Que terás o que procuras,
Lá é o Extremo Oriente.

— Não sei o que isto significa. Mas tem-me obcecado durante toda a vida.

Depois de um breve silêncio, Lucy perguntou:

— E onde estamos agora, Caspian?

— O capitão pode dizer-te melhor do que eu.

Drínian pegou num mapa, abriu-o em cima da mesa e, com um dedo em cima dele, explicou:

— Esta é a nossa posição. Ou era, ao meio-dia de hoje. Tivemos um vento favorável ao sairmos de Cair Paravel e fomos até um pouco a norte de Galma, onde chegámos no dia seguinte. Passámos aí uma semana, pois o Duque de Galma organizou um grande torneio para Sua Majestade, que fez cair muitos cavaleiros da sela...

Caspian cortou-lhe a palavra:

— Eu também dei umas boas quedas, Drínian. Ainda tenho as marcas.

— Fez cair muitos cavaleiros da sela — repetiu Drínian com um sorriso. — Pensámos que teria sido do agrado do Duque se Sua Alteza tivesse querido casar com a sua filha, mas nada feito...

— Ora, entorta os olhos e é sardenta — interrompeu Caspian.

— Oh, coitada! — exclamou Lucy.

— Partimos de Galma — prosseguiu Drínian — e tivemos calmaria durante quase dois dias, o que nos obrigou a remar. Depois tivemos de novo vento e só chegámos a Terebínthia quatro dias depois. Aí, o Rei enviou-nos um aviso para não desembarcarmos, pois grassava uma epidemia. Mas dobrámos o cabo e lançámos âncora numa pequena enseada longe da cidade, onde havia água doce. Seguidamente, tivemos de esperar três dias até termos vento de sudeste e partirmos para as Sete Ilhas. Ao terceiro dia fomos ultrapassados por um navio pirata (terebinthiano, pela bandeira), mas, quando nos viram bem armados, afastaram-se, depois de terem sido disparadas algumas flechas de ambos os lados...

— Devíamos tê-lo perseguido, abordado e enforcado todos aqueles patifes — criticou Ripitchip.

— Mais cinco dias decorridos, avistámos Muil, que, como sabem, é a mais ocidental das Sete Ilhas. Remámos através dos estreitos e, ao pôr do Sol, chegámos a Porto Vermelho, na ilha de Brenn, onde festejaram a nossa chegada e nos serviram todos os alimentos e toda a água que quisemos. Partimos de Porto Vermelho há seis dias e viemos a uma velocidade óptima, de modo que espero avistar as Ilhas Solitárias depois de amanhã. Em suma, estamos há quase trinta dias no mar e, desde que deixámos Nárnia, já fizemos mais de mil e duzentas milhas.

— E depois das Ilhas Solitárias? — perguntou Lucy.

— Ninguém sabe, Majestade — respodeu Drínian. — A menos que os seus habitantes nos possam informar.

— No nosso tempo não podiam — observou Edmund.

— Então é depois das Ilhas Solitárias que a aventura realmente começa — disse Ripitchip.

Foi então que Caspian sugeriu que talvez eles gostassem de ver o barco antes do jantar, mas Lucy teve um rebate de consciência e disse:

— Acho que tenho mesmo de ir ver o Eustace. Sabem que o enjoo é uma coisa horrível. Se tivesse comigo o meu velho cordial, poderia curá-lo.

— Mas tens — disse Caspian. — Tinha-me esquecido por completo. Quando o deixaste cá, pensei que podia ser considerado um dos tesouros reais e por isso trouxe-o. Achas que devemos gastá-lo com uma coisa como o enjoo?

— Só é precisa uma gota — respondeu Lucy.

Caspian abriu um dos compartimentos por baixo do banco e tirou de lá o belo frasquinho de diamante de que Lucy tão bem se recordava, dizendo:

— O seu a seu dono, Rainha.

Depois saíram todos do camarote.

Na coberta, ao sol, havia duas escotilhas largas e compridas, à popa e à ré, ambas abertas, como sempre estavam quando fazia bom tempo, para deixar a luz e o ar penetrar no porão do navio. Caspian levou-os por uma escada que conduzia ao interior da escotilha da frente. Chegaram a um lugar onde os bancos para os remadores corriam de um lado ao outro da embarcação e a luz que entrava através das aberturas para os remos dançava no tecto. É claro que o barco de Caspian não era um desses horrores, uma galé com escravos a remar. Os remos só eram usados quando não havia vento ou para entrarem e saírem dos portos; e todos (excepto Ripitchip, cujas pernas eram demasiado curtas) remavam à vez. De cada lado do barco o espaço sob os bancos estava desimpedido para os remadores porem os pés, mas no centro havia uma abertura que ia até à quilha, cheia com todo o género de coisas — sacas de farinha, pipas com água e cerveja,

barricas com carne de porco, frascos com mel, odres com vinho, maçãs, nozes, queijos, bolachas, nabos e toucinho fumado. No tecto — ou seja, da parte de baixo da coberta — estavam pendurados presuntos e réstias de cebolas e também os homens que não estavam de quarto, instalados nas suas redes. Caspian conduziu-os até à popa, passando de banco em banco; por fim, com um passo para ele, um pulo para Lucy e um grande salto para Ripitchip, chegaram a um tabique com uma porta. Caspian abriu-a e entraram num camarote que ocupava a popa sob os camarotes da coberta do tombadilho. Está claro que não era tão agradável como os outros. Era muito baixo e os lados iam-se inclinando até quase se juntarem em baixo, de modo que quase não havia soalho; e, embora tivesse janelas com vidros grossos, estas não se abriam, pois ficavam debaixo de água. Na realidade, nesse preciso momento, como o barco balouçava, viam alternadamente a luz do sol dourada e o verde-sombrio do mar.

— Tu e eu temos de ficar aqui, Edmund — disse Caspian. — Deixamos o beliche para o teu primo e instalamo-nos em redes.

— Imploro a Vossa Majestade... — interveio Drínian.

— Não, não, amigo — interrompeu Caspian. — Já discutimos isso. Tu e Rhince — (Rhince era o imediato) — manobram o barco e têm muito trabalho de noite, enquanto nós cantamos e contamos histórias, de modo que ficam com o camarote de cima. O Rei Edmund e eu ficamos muito bem aqui em baixo. Mas como está o desconhecido?

Eustace, de cara muito verde, fez uma careta e perguntou se havia sinais de a tempestade ir amainar.

— Que tempestade? — admirou-se Caspian.

Drínian desatou a rir e exclamou com voz de trovão:

— Tempestade, meu rapaz? Este é o melhor clima que um homem pode desejar.

— Quem é esse? — perguntou Eustace, irritado. — Mandem-no embora. A voz dele põe-me a cabeça a andar à roda.

— Trouxe-te uma coisa que te vai pôr melhor, Eustace — disse Lucy.

— Oh, vão-se embora e deixem-me em paz — resmungou Eustace.

Mas bebeu uma gotinha do frasco e, embora dissesse que era um horror (o cheiro no camarote quando Lucy o abriu era delicioso), o que é certo é que a sua cara ficou com boa cor uns instantes depois de o ter engolido e deve ter-se sentido muito melhor, pois, em vez de choramingar por causa da tempestade e da sua cabeça, começou a pedir que o pusessem em terra e a dizer que no primeiro porto iria «intentar uma demanda» contra eles junto do cônsul da Inglaterra. Mas, quando Ripitchip lhe perguntou de que demanda se tratava e como iria intentá-la (por pensar que se tratava de tomar disposições para um combate singular), Eustace limitou-se a responder:

— É estranho que não saibas isso.

Acabaram por conseguir convencê-lo de que já estavam a navegar tão depressa quanto podiam até à terra mais próxima que conheciam e que tinham tantas possibilidades de o enviar de regresso a Cambridge — que era onde o tio Harold morava — como de o mandar para a Lua. Depois disso, Eustace, amuado, acedeu em vestir a roupa lavada que tinham preparado para ele e em sair para a coberta.

Caspian mostrou-lhes então o barco, embora já o tivessem visto quase todo. Subiram ao castelo da proa e viram o vigia de pé numa pequena plataforma dentro do pescoço do dragão dourado a espreitar pela sua boca aberta. Dentro do castelo da proa encontravam-se a cozinha do navio e as instalações para o mestre, o carpinteiro, o cozinheiro e o mestre dos archeiros. Se acharem estranho a cozinha ser à proa e imaginarem o fumo da chaminé a invadir o barco, é por estarem a pensar em barcos a vapor, onde há sempre vento de proa. Num barco à vela, o vento vem de trás e tudo o que cheira mal é posto tão à frente quanto possível. Subiram até ao cesto da gávea e, a princípio, foi assustador balouçarem de um lado para o outro e verem a coberta pequenina e muito longe por baixo deles. Deram-se conta de que, se caíssem, tanto podia ser a bordo como no mar. Depois seguiram até à popa, onde Rhince estava de serviço com outro homem, ocupando-se do leme, atrás do qual se erguia a cauda do dragão, também dourada, com um pequeno banco corrido no interior. O nome do barco era *Caminheiro da Alvorada*. Era muito pequeno comparado com um dos nossos barcos, ou mesmo com os que Nárnia possuíra quando Lucy e Edmund lá reinavam, com Peter como Rei Supremo, pois quase toda a navegação desaparecera nos reinados dos antepassados de Caspian. Quando o seu tio Miraz, o usurpador, enviara os sete Senhores para o mar, tiveram de comprar um barco a Galma e de contratar marinheiros galmianos. Mas Caspian começara a ensinar os Narnianos a serem de novo navegadores e o *Caminheiro da Alvorada* era o mais belo dos navios que mandara construir. Era tão pequeno que à frente do mastro mal havia espaço entre a escotilha central e o bote salva-vidas, de um lado, e a capoeira das galinhas (às quais Lucy deu de comer), do outro. Mas, no seu género, era uma beleza, uma «senhora», como diziam os marinheiros, de linhas perfeitas, cores puras e mastros, vergas e cordame que eram uma perfeição. É claro que nada dava prazer a Eustace e este não parava de alardear a superioridade de transatlânticos, barcos a motor, aviões e submarinos («Como se soubesse alguma coisa sobre eles», dizia Edmund para consigo). Mas os outros dois estavam encantados com o *Caminheiro da Alvorada* e, quando voltaram para o camarote da popa, a fim de jantarem, e viram todo o céu a ocidente banhado por um imenso crepúsculo carmesim, sentiram o doce balouçar do barco e o gosto do sal nos lábios e imaginaram as terras desconhecidas no extremo oriental do mundo, Lucy pensou que estava feliz de mais para falar.

O que Eustace pensou é melhor dizê-lo nas suas próprias palavras, pois, quando lhes restituíram a roupa seca, na manhã seguinte, tirou imediatamente do bolso um caderninho de capa preta e um lápis e começou a escrever um diário. Tinha sempre consigo esse caderninho, onde registava as notas que obtinha nos estudos, pois, embora não se preocupasse muito com nenhuma matéria em si, dava grande importância às notas e chegava a abordar as pessoas e a dizer: «Tive tanto. E tu, quanto tiveste?» Mas, como não parecia provável ir ter muitas notas no *Caminheiro da Alvorada*, deu início a um diário. Eis o que escreveu no primeiro dia:

«*7 de Agosto.* Estou há vinte e quatro horas neste barco sinistro, se não é um sonho. Durante todo o tempo tem estado uma tempestade horrenda (ainda bem que não enjoo). Ondas enormes não param de o atingir de frente e o barco já esteve quase a afundar-se umas quantas vezes. Os outros todos fingem não se dar conta disto, ou por gabarolice, ou porque, como o Harold diz, uma das coisas mais cobardes que as pessoas comuns fazem é fechar os olhos perante os factos. É uma loucura alguém fazer-se ao mar num barco tão pequeno como este. Não é maior do que um salva-vidas. E está claro que por dentro é absolutamente primitivo. Não tem um salão como deve ser, não tem rádio, nem casas de banho, nem cadeiras de convés. Fui arrastado para isto ontem ao fim da tarde e qualquer pessoa ficaria enjoada ao ouvir o Caspian a mostrar este barquinho de brinquedo como se fosse o *Queen Mary*. Tentei dizer-lhe como são os navios a sério, mas ele é demasiado tapado. É claro que o E. e a L. não me apoiaram. Calculo que uma miúda como a L. não percebe o perigo que corremos e o E. dá graxa ao C., como, aliás, toda a gente daqui. Chamam-lhe Rei. Eu disse que era republicano, mas ele teve de me perguntar o que significa isso! Parece não saber nada de nada. Escusado será dizer que me puseram no pior camarote do barco, uma perfeita masmorra, e que à Lucy deram um quarto só para ela na coberta, um quarto quase jeitoso comparado com o resto. O C. diz que é por ser uma rapariga. Tentei fazer-lhe perceber o que a Alberta diz, que esse género de coisas rebaixa as raparigas, mas ele é demasiado estúpido. Mesmo assim, devia perceber que vou ficar doente se continuar mais tempo naquele *buraco*. O E. diz que não devemos refilar, pois o C. está a partilhar um quarto connosco para a L. ter espaço. Como se assim não fosse ainda pior. Quase me esquecia de dizer que também há uma espécie de rato que é de uma insolência terrível com toda a gente. Os outros que o aturem se quiserem, mas se fizer o mesmo comigo, torço-lhe o rabo. A comida também é horrorosa.»

Os problemas entre Eustace e Ripitchip começaram ainda mais cedo do que seria de esperar. No dia seguinte, antes do jantar, quando os outros esperavam sentados à volta da mesa (andar no mar abre imenso o apetite), Eustace entrou de rompante, a torcer as mãos e aos gritos:

— Esse selvagem quase me matou. Têm de o meter na ordem. Podia levantar-te um processo, Caspian. Podia obrigar-te a mandá-lo abater.

No mesmo momento apareceu Ripitchip. Vinha de espada desembainhada e bigodes eriçados, mas mostrou-se tão delicado como sempre:

— Peço a todos que me perdoem, sobretudo a Sua Majestade, a Rainha. Se soubesse que ele se vinha refugiar aqui, teria esperado uma altura mais razoável para lhe dar uma lição.

— Que se passa? — perguntou Edmund.

O que havia sucedido era o seguinte: Ripitchip, que achava sempre que o barco não estava a avançar suficientemente depressa, gostava de se sentar nos baluartes da proa, mesmo junto da cabeça do dragão, a olhar para o horizonte e a cantar em voz baixa, com a sua vozinha esganiçada, a canção que a Dríade lhe fizera. Embora o barco balouçasse, nunca se agarrava a nada e mantinha o equilíbrio com perfeito à-vontade; talvez a sua longa cauda, pendendo para o convés por dentro da amurada, tornasse a tarefa mais fácil. Todos a bordo conheciam esse hábito e os marinheiros gostavam dele porque, quando estavam de quarto, sempre tinham com quem falar. Ignoro por que motivo Eustace escorregou, tropeçou e cambaleou até ao castelo da proa (ainda não

tinha as pernas feitas ao mar). Talvez esperasse ver terra ou quisesse ir à cozinha surripiar qualquer coisa. De qualquer modo, mal viu aquela grande cauda pendente — talvez fosse bastante tentadora — pensou que seria delicioso agarrá-la, fazer Ripitchip dar uma ou duas voltas de cabeça para baixo e depois fugir às gargalhadas. A princípio, o plano pareceu funcionar na perfeição. O Rato não era muito mais pesado do que um gato grande. Num abrir e fechar de olhos, Eustace arrancou-o do seu poiso e o animal ficou com um ar apalermado (pensou Eustace), de pernas abertas e com a boca escancarada. Mas, infelizmente, Ripitchip, que várias vezes lutara para salvar a vida, não perdeu a cabeça nem por um segundo. Nem a perícia. Não é muito fácil desembainhar a espada quando se está pendurado pela cauda, às voltas no ar, mas ele fê-lo. E o que Eustace sentiu a seguir foram duas picadas dolorosíssimas na mão que o fizeram largar a cauda; e o que se passou depois foi o Rato pôr-se de pé de novo, como uma bola a ressaltar da coberta, enfrentá-lo e Eustace ver uma coisa horrível, longa, brilhante e aguçada como um espeto a oscilar de um lado para o outro a um centímetro do seu estômago. (Para os ratos de Nárnia, isto não conta como um golpe baixo, pois é difícil esperar que cheguem mais alto.)

— Pára! — berrou Eustace atabalhoadamente. — Vai-te embora. Larga essa coisa. É perigosa. Faz o que te digo, pára! Vou fazer queixa ao Caspian. Vão amordaçar-te e amarrar-te.

— Por que não desembainhas a tua espada, poltrão? — perguntou o Rato na sua vozinha aflautada. — Desembainha-a e luta, ou deixo-te cheio de nódoas negras.

— Não tenho espada — respondeu Eustace. — Sou um pacifista. Não acredito na violência.

— Estarei a ouvir bem? — indagou Ripitchip, afastando a espada durante um momento e falando muito a sério. — Não tencionas dar-me uma satisfação?

— Não sei o que queres dizer — respondeu Eustace, esfregando a mão. — Se não percebes uma graça, não me vou incomodar mais contigo.

— Então toma lá esta... para te ensinar a ter maneiras... e o respeito devido a um cavaleiro... e a um Rato... e à cauda de um Rato — e a cada palavra atingia Eustace com o lado do florete, que era de aço fino, delicadamente trabalhado pelos Anões e tão flexível como uma vara de bétula. Eustace (claro) frequentava uma escola onde não havia castigos corporais, pelo que aquela sensação era completamente nova para ele. Foi por isso que, apesar de não ter pernas de marinheiro, levou menos de um minuto a sair do castelo da proa, a atravessar todo o navio e a entrar de rompante pela porta do camarote — sempre ardentemente perseguido por Ripitchip. Na realidade, Eustace teve impressão de que o florete, tal como a perseguição, estava ardente. Tão ardente como um ferro em brasa.

Não foi muito difícil resolver o assunto quando Eustace percebeu que toda a gente levava muito a sério a ideia de um duelo e ouviu Caspian oferecer-se para lhe emprestar uma espada e Drínian e Edmund discutirem se não se deveria compensar de algum modo o facto de ele ser muito maior do que Ripitchip. Amuado, pediu desculpa e retirou-se com Lucy para lavar e ligar a mão. A seguir foi para o beliche e teve o cuidado de se deitar de lado.

3

AS ILHAS SOLITÁRIAS

— Terra à vista! — gritou o homem de vigia à proa.

Lucy, que tinha estado a falar com Rhince na popa, desceu a escada a correr e precipitou-se para a frente da embarcação. Pelo caminho, Edmund foi juntar-se-lhe e encontraram Caspian, Drínian e Ripitchip já no castelo da proa. Estava uma manhã fria, o céu muito pálido e o mar muito azul, com pequenas ondazinhas de espuma; a pouca distância, a estibordo, avistaram Felimath, a mais próxima das Ilhas Solitárias, como uma colinazinha no mar, e atrás dela, mais longe, as encostas cinzentas da sua irmã Doorn.

— Felimath e Doorn! — exclamou Lucy a bater palmas. — Estão na mesma! Oh! Edmund, há quanto tempo as não víamos!

— Nunca percebi por que pertencem a Nárnia — observou Caspian. — Peter, o Supremo Rei, conquistou-as?

— Não — respondeu Edmund. — Já pertenciam a Nárnia antes de cá estarmos, no tempo da Bruxa Branca.

(A propósito, nunca ouvi dizer como ficaram essas ilhas distantes ligadas à coroa de Nárnia; se alguma vez souber, e se a história for interessante, posso escrever outro livro acerca dela.)

— Vamos aportar aqui, Majestade? — perguntou Drínian.

— Creio que não serviria de muito desembarcarmos em Felimath — opinou Edmund. — No nosso tempo era quase desabitada e parece continuar na mesma. A maioria das pessoas vive em Doorn e algumas em Avra, que é a terceira ilha e ainda não se avista. Em Felimath só há carneiros.

— Então, acho que temos de dobrar aquele cabo e desembarcar em Doorn — disse Drínian. — Isso significa que vai ser preciso remar.

— Que pena não desembarcarmos em Felimath! — exclamou Lucy. — Gostava de voltar lá. Era tão isolado, havia uma solidão tão agradável, com tudo coberto de relva e de trevo e o ar do mar tão suave!

— Também me apetecia desentorpecer as pernas — disse Caspian. — Tenho uma ideia. Por que não vamos a terra no bote e o mandamos de volta? Depois podemos atravessar Felimath a pé e o *Caminheiro da Alvorada* apanha-nos do outro lado.

Se Caspian já fosse tão experiente como se tornou durante essa viagem, não teria feito tal sugestão; mas nesse momento a ideia pareceu-lhe excelente.

— Oh, sim — exclamou Lucy, entusiasmada.

— Tu vens, não vens? — perguntou Caspian a Eustace, que tinha aparecido na coberta com a mão ligada.

— Faço tudo para sair deste maldito barco — foi a resposta.

— Maldito? — indignou-se Drínian. — Que queres dizer?

— Num país civilizado como aquele de onde venho, os barcos são tão grandes que quando estamos dentro deles, nem se dá por que se está no mar.

— Nesse caso, bem se pode ficar em terra — comentou Caspian. — Diz-lhes para arrearem o bote, Drínian.

O Rei, o Rato, os dois Pevensies e Eustace entraram no bote e foram levados até à praia de Felimath. Depois de a pequena embarcação os ter deixado e de regressar, viraram-se e olharam em redor. Ficaram surpreendidos por ver como o *Caminheiro da Alvorada* parecia pequeno.

É claro que Lucy estava descalça, por se ter desembaraçado dos sapatos enquanto nadava, mais isso não é problema quando se caminha sobre erva macia. Era delicioso pisar outra vez solo firme, sentir o odor da terra e da relva, mesmo se a princípio o terreno parecesse subir e descer como um barco, como em geral acontece durante algum tempo depois de se ter andado no mar. Ali fazia muito mais calor do que a bordo e Lucy achou agradável sentir a areia nos pés enquanto atravessavam a praia. Ouviram uma cotovia a cantar.

Chegaram ao interior da ilha e subiram uma colina bastante íngreme, embora baixa. Ao alcançarem o cimo, olharam para trás e avistaram o *Caminheiro da Alvorada* a brilhar como um grande insecto de cores vivas e a avançar lentamente para noroeste impelido pelos remos. Depois passaram para o outro lado do monte e perderam-no de vista.

Agora à sua frente estendia-se Doorn, separada de Felimath por um canal com cerca de um quilómetro e meio de largo e, atrás dela e para a esquerda, avistava-se Avra, bem como a cidadezinha de Porto Estreito.

— Olá! Que é aquilo? — perguntou Edmund de súbito.

No vale verdejante para onde estavam a descer, seis ou sete homens de ar rude, todos armados, encontravam-se sentados junto de uma árvore.

— Não lhes digam quem somos — disse Caspian.

— Por que não, Majestade? — quis saber Ripitchip, que consentira em ir aos ombros de Lucy.

— Lembrei-me de que ninguém aqui ouve falar de Nárnia há muito tempo — respondeu Caspian. — É possível que ainda não estejam a par de que estou no poder. Nesse caso, talvez não seja seguro saberem que sou Rei.

— Temos as nossas espadas, Majestade — lembrou Ripitchip.

— Sim, eu sei, Rip. Mas, se tivermos de reconquistar as três ilhas, prefiro voltar com um exército maior.

Nessa altura já estavam muito perto dos desconhecidos, um dos quais, corpulento e de cabelo preto, gritou:

— Ora então muito bom dia!

— Bom dia — respondeu Caspian. — Ainda há um governador das Ilhas Solitárias?

— Está claro que há — foi a resposta. — É o governador Gumpas. Sua senhoria está em Porto Estreito. Mas vocês vão ficar e beber um copo connosco.

Caspian agradeceu-lhes, embora o ar dos desconhecidos não agradasse muito nem a ele nem aos outros, e sentaram-se todos. Porém, mal tinham levado os copos aos lábios, o homem do cabelo preto fez um aceno de cabeça aos companheiros e, com a rapidez de um relâmpago, os cinco recém-chegados viram-se rodeados por braços possantes. Debateram-se durante um instante, mas todas as vantagens estavam do outro lado. Dentro em pouco estavam desarmados e com as mãos atadas atrás das costas — excepto Ripitchip, que se contorcera nas mãos do seu captor, mordendo furiosamente.

— Cuidado com o bicho, Tacks — advertiu o chefe. — Não lhe faças mal. Não me admirava que fosse ele a render o melhor preço.

— Cobarde! Poltrão! — gritou Ripitchip em voz esganiçada. — Devolve-me a espada e liberta-me as patas, se tens coragem.

— Fiu! — assobiou o mercador de escravos (pois era isso que ele era). — Até fala! Vão ver que consigo mais de duzentos crescentes por ele! — O crescente calormenita, que é a principal moeda dessas paragens, vale cerca de um terço de libra, cinquenta cêntimos do Euro.

— Então é isso que tu és — disse Caspian. — Um raptor e um traficante de escravos. Devias ter vergonha.

— Então, então — disse o traficante. — Não comeces com sermões. Quanto menos problemas levantares, mais agradável será para todos, percebes? Não faço isto para me divertir. Tenho de ganhar a vida como outra pessoa qualquer.

— Para onde nos vão levar? — perguntou Lucy, proferindo as palavras com certa dificuldade.

— Para Porto Estreito — respondeu o homem. — O dia de mercado é amanhã.

— Há por lá um consulado britânico? — perguntou Eustace.

— Um quê?! — foi a resposta do homem.

Mas muito antes de Eustace estar cansado de explicar, o traficante de escravos limitou-se a dizer:

— Bem, estou farto de tanto palavreado. O Rato é um bom negócio, mas este aqui não se cala. Vamos embora, amigos.

A seguir os quatro prisioneiros foram amarrados, não com crueldade, mas de modo a não poderem escapar, e obrigados a caminhar até à praia. Ripitchip foi levado ao colo. Tinha parado

de morder, perante a ameaça de o amordaçarem, mas tinha muito para dizer e Lucy perguntou-se como poderia uma pessoa suportar ouvir o que o Rato dizia ao traficante de escravos. Mas este, longe de pôr objecções, sempre que Ripitchip fazia uma pausa para respirar limitava-se a dizer «Continua», acrescentando de quando em quando: «Isto é tão bom como uma peça de teatro», ou «Caramba, parece mesmo que sabe o que está a dizer!», ou ainda «Foi um de vocês que o amestrou?». Isto pôs Ripitchip tão furioso que por fim o número de coisas que pensou dizer todas ao mesmo tempo quase o sufocou e calou-se.

Quando desceram até à costa virada para Doorn, avistaram uma aldeiazinha e uma chalupa na praia e, um pouco mais longe, um barco que parecia estar todo sujo de lodo.

— Agora, pequenos — disse o traficante de escravos —, portem-se bem para depois não se arrependerem. Todos para bordo.

Nesse momento, um homem bem-parecido, de barba, saiu de uma das casas (uma estalagem, suponho) e disse:

— Com que então, Pug, mais uma das tuas negociatas?

O traficante, cujo nome, ao que parecia, era Pug, fez uma grande vénia e respondeu com voz lisonjeira:

— Sim, Vossa Senhoria.

— Quanto queres por esse rapaz? — perguntou o outro, apontando para Caspian.

— Ah, já sabia que Vossa Senhoria ia escolher o melhor. Não vou enganar Vossa Senhoria com um artigo de segunda ordem. Mas agora já me dediquei ao rapaz. Gosto muito dele. Sou tão sensível que não devia ter esta profissão. No entanto, para um cliente como Vossa Senhoria...

— Diz-me qual é o preço, patife — ordenou o senhor com ar severo. — Julgas que quero ouvir essas patacoadas acerca do teu negócio nojento?

— Trezentos crescentes, meu bom senhor, por ser para Vossa Senhoria, porque para qualquer outra pessoa...

— Dou-te cento e cinquenta.

— Oh, por favor, por favor — suplicou Lucy. — Não nos separe. Não sabe... — Mas nessa altura interrompeu-se, pois percebeu que Caspian nem sequer nesse momento queria ser reconhecido.

— Então? Cento e cinquenta — tornou a oferecer o senhor. — Quanto a ti, pequenita, lamento não poder comprar-vos a todos. Solta o meu rapaz, Pug. E trata bem dos outros enquanto estiverem nas tuas mãos para não te vires a arrepender.

— Homessa! — exclamou Pug. — Quem já ouviu falar de um homem da minha profissão que tratasse melhor a mercadoria do que eu? Trato-os como se fossem meus filhos.

— É provável que isso seja verdade — respondeu o outro com ar soturno.

Era chegado o momento terrível. Caspian foi desamarrado e o seu novo amo disse:

— Por aqui, meu rapaz.

Lucy desatou num pranto e Edmund ficou muito pálido. Mas Caspian olhou por cima do ombro e disse:

— Animem-se. Tenho a certeza de que tudo acabará bem. Até à vista.

— E agora, minha menina — disse Pug —, não comeces a choramingar e a estragar o teu aspecto para o mercado de amanhã. Se fores uma boa menina, não vais ter motivos para chorar, percebes?

Depois foram levados num barco a remos até à embarcação dos escravos e conduzidos ao porão, um lugar bastante escuro e pouco asseado, onde descobriram muitos outros infelizes prisioneiros, pois, como é evidente, Pug era um pirata e acabara de regressar de uma viagem entre as ilhas onde capturara quem pudera. As crianças não encontraram ninguém que conhecessem; na sua maioria, os prisioneiros eram galmianos e terebinthianos. E ali ficaram sentados na palha a perguntar-se o que teria sucedido a Caspian e a tentarem que Eustace parasse de falar como se todos, excepto ele, tivessem culpa do sucedido.

Entretanto, Caspian estava a ter uma aventura muito mais interesante. O homem que o comprara conduziu-o por uma pequena vereda entre duas casas até um espaço aberto atrás da aldeia. Depois virou-se e encarou-o.

— Não precisas de ter medo de mim, meu rapaz. Vou tratar-te bem. Comprei-te porque a tua cara me faz lembrar alguém.

— Posso saber quem, meu senhor? — perguntou Caspian.

— Fazes-me lembrar o meu amo, o Rei Caspian de Nárnia.

Então Caspian resolveu arriscar tudo por tudo.

— Eu sou o vosso amo. Sou o Rei Caspian de Nárnia.

— Estás a ser muito atrevido — retorquiu o outro. — Como posso saber que é verdade?

— Em primeiro lugar, pela minha cara — respondeu Caspian. — Em segundo lugar, porque, em seis tentativas, posso descobrir quem vós sois. Sois um dos sete senhores de Nárnia que o meu tio Miraz enviou para o mar e de quem vim à procura: Revílian, Argoz, Bern, Octésian, Restimar, Mavramorn, ou... ou... esqueci-me do outro. E, por fim, se Vossa Senhoria me der uma espada, provar-vos-ei no corpo de qualquer homem em combate honesto que sou Caspian, filho de Caspian, Rei de Nárnia por direito, senhor de Cair Paravel e imperador das Ilhas Solitárias.

— Céus! — exclamou o homem. — É a voz e a maneira de falar do pai. Meu soberano... Majestade... — E ali, em pleno campo, ajoelhou-se e beijou a mão do Rei.

— Do dinheiro que Vossa Senhoria desembolsou para pagar a minha pessoa será reembolsado pelo tesouro real — disse Caspian.

— Ainda não está na bolsa de Pug, Majestade — retorquiu o Senhor de Bern, pois era dele que se tratava. — E tenho esperança de que nunca venha a estar. Fiz centenas de petições a Sua Senhoria, o Governador, para que acabasse com este vil tráfico de carne humana.

— Sr. Bern — disse Caspian —, temos de falar da situação destas ilhas. Mas, primeiro, qual é a história de Vossa Senhoria?

— Muito breve, Majestade. Vim até aqui com os meus seis companheiros, apaixonei-me por uma rapariga das ilhas e senti que estava farto do mar. E de nada servia regressar a Nárnia enquanto o tio de Vossa Majestade detivesse o poder. Por isso casei-me e vivi aqui desde então.

— E que tal é esse Governador, esse tal Gumpas? Ainda reconhece o Rei de Nárnia como seu Soberano?

— Em palavras, sim. Tudo é feito em nome do Rei. Mas não lhe agradaria muito defrontar-se com um rei de Nárnia em carne e osso. E, se Vossa Majestade se apresentasse perante ele sozinho e desarmado, não deixaria de vos jurar fidelidade, mas tentaria desacreditar-vos. A vida de Vossa Majestade correria perigo. Com que forças podeis contar nestas águas?

— Há o meu barco, que está a dobrar o cabo — respondeu Caspian. — Se for preciso lutar, temos umas trinta espadas. Não será melhor esperar pelo barco, atacar Pug e libertar os meus amigos que tem cativos?

— Não vos aconselho — disse Bern. — Mal o combate tivesse início, dois ou três barcos partiriam de Porto Estreito para auxiliar Pug. Vossa Majestade tem de simular mais poder do que de facto tem e de infundir terror perante o nome do Rei. Um combate aberto não pode ocorrer. Gumpas é medroso e é possível que fique aterrorizado.

Depois de conversarem mais um pouco, Caspian e Bern desceram até à costa ligeiramente a oeste da aldeia e, aí chegados, o jovem soprou a sua trompa. (Não era a grande Trompa Mágica de Nárnia, a Trompa da Rainha Susan, pois havia-a deixado com Trumkin, que ficara como regente, não fosse surgir alguma grande necessidade durante a ausência do Rei.) Drínian, que estava à espera de um sinal, reconheceu o som da trompa imediatamente e o *Caminheiro da Alvorada* começou a rumar para terra. Depois o barco lançou de novo a âncora e daí a instantes Caspian e o Senhor de Bern já estavam na coberta a explicar a situação a Drínian. Este, tal como Caspian, queria levar o *Caminheiro da Alvorada* até junto do navio dos piratas a atacá-lo, mas Bern fez a mesma objecção.

— Siga por este canal, Capitão — aconselhou Bern — e depois rume para Avra onde se situam os meus domínios. Mas primeiro ice a bandeira do Rei, mande colocar todos os escudos e envie todos os homens que puder para os postos de combate. E, quando tiver o mar alto a bombordo, emita uns quantos sinais.

— Sinais? Para quem? — perguntou Drínian.

— Para todos os barcos que não temos, mas que talvez Gumpas pense que temos.

— Oh, estou a perceber — disse Drínian, a esfregar as mãos. — E eles vão decifrar os nossos sinais. Que devo dizer? *Toda a armada deverá contornar o Sul de Avra e reunir-se em...?*

— Em Bernburgo — disse o Senhor de Bern. — É uma excelente solução. Toda a viagem, caso houvesse barcos, decorreria longe da vista de Porto Estreito.

Embora Caspian se sentisse condoído ao pensar nos outros que se encontravam cativos no navio de Pug, não pôde deixar de achar o resto do dia agradável. Já a tarde ia adiantada (pois tiveram de fazer todo o caminho a remar) quando viraram a estibordo para contornar o extremo noroeste de Doorn, de novo para bombordo para contornar o promontório de Avra e entraram num bom porto na costa sul desta ilha, onde as belas terras de Bern se estendiam em declive até à beira-mar. As pessoas ao serviço de Bern, muitas das quais se viam a trabalhar nos campos, eram livres e o seu domínio era feliz e próspero.

Desembarcaram todos aí e foram recebidos com as devidas honras numa casa baixa, com pilares, sobranceira à baía. Bern, a sua graciosa esposa e as filhas, raparigas alegres, deram-lhes as boas-vindas. Porém, depois de escurecer, Bern enviou um mensageiro de barco até Doorn para se encarregar de certos preparativos (não disse exactamente de que se tratava) para o dia seguinte.

4

O QUE CASPIAN ALI FEZ

Na manhã seguinte, o Senhor de Bern acordou os seus convidados muito cedo e, depois do pequeno-almoço, pediu a Caspian que mandasse todos os homens de que dispunha envergar a armadura completa.

— Acima de tudo — acrescentou —, dizei-lhes que tudo tem de estar tão impecável e em tão boas condições como se se tratasse da manhã da primeira batalha de uma grande guerra entre nobres reis, com o mundo inteiro a assistir.

O jovem fez como ele dizia. Depois, em três viagens de barco, Caspian e os seus companheiros e Bern com alguns dos seus homens partiram para Porto Estreito. A bandeira do Rei adejava à popa do barco e o corneteiro acompanhava-o.

Quando acostaram ao cais em Porto Estreito, Caspian avistou uma multidão considerável reunida para os acolher.

— Foi para isto que mandei o mensageiro a noite passada — explicou Bern. — São todos meus amigos e pessoas de bem.

Mal Caspian pôs o pé em terra, a multidão irrompeu em vivas e desatou a gritar:

— Nárnia! Nárnia! Longa vida para o Rei!

No mesmo momento (e também isto se deveu aos mensageiros de Bern) começaram a ouvir-se sinos repicar em muitos pontos da cidade.

Então Caspian mandou avançar a bandeira e tocar a trombeta e todos os homens desembainharam as espadas e afivelaram uma expressão a um tempo grave e alegre, enquanto desfilavam fazendo estremecer a cidade, com as armaduras a cintilar (pois estava uma manhã soalheira) de tal modo que era difícil olhá-los continuamente.

A princípio, as únicas pessoas que os saudavam eram as que tinham sido avisadas pelo mensageiro enviado por Bern e que sabiam o que estava a acontecer e queriam que isso acon-

tecesse. Mas, depois, todas as crianças se lhes juntaram, pois um desfile era coisa que lhes agradava e tinham visto muito poucos. Seguidamente, foram todos os alunos da escola a associarem-se, pois também gostavam de cortejos e sentiam que quanto mais barulho e turbulência houvesse menos provável seria terem aulas nessa manhã. Em seguida, todas as velhas puseram a cabeça fora das portas e janelas e começaram a tagarelar e a dar vivas por se tratar de um Rei e por um Governador nada ser em comparação. E todas as mulheres ainda jovens se juntaram pela mesma razão e também por Caspian, Drínian e os seus companheiros serem tão garbosos. Então, todos os jovens apareceram para ver para onde estavam as mulheres a olhar, de modo que, quando Caspian chegou às portas do castelo, quase toda a cidade estava aos gritos; e Gumpas no seu castelo, lá onde estava sentado e às voltas com contas, impressos, regras e regulamentos, ouviu esse ruído.

Às portas do castelo, o corneteiro de Caspian soprou a sua trompa e gritou:

— Abri as portas ao Rei de Nárnia, que vem visitar o seu fiel e amado servo, o governador das Ilhas Solitárias.

Naquele tempo, tudo nas ilhas se fazia de uma forma desleixada e indolente. Só a porta pequena se abriu para deixar sair um sujeito desgrenhado com um chapéu velho e sujo, em vez de um elmo, na cabeça e um chuço velho e ferrugento na mão. Piscou os olhos ante as figuras resplandecentes que tinha perante si e resmoneou:

— *Nãã podem veer Susnhorii* — (que era a sua maneira de dizer «Não podem ver Sua Senhoria») — *'trevistas* sem *'arcações* só entre nove e dez, segundo sábado cada mês.

— Descobre-te perante Nárnia, cão — ordenou o Senhor de Bern em voz atroadora, dando-lhe uma palmada com a mão enluvada que lhe fez voar o chapéu da cabeça.

— *Qué* lá isto? — começou o porteiro a dizer, sem que ninguém lhe ligasse.

Dois dos homens de Caspian transpuseram a porta pequena e, depois de se debaterem durante algum tempo com trancas e ferrolhos (pois estava tudo ferrugento), abriram os dois batentes de par em par. Seguidamente, o Rei e os seus companheiros entraram no pátio, onde alguns guardas do governador estavam refastelados e vários outros (quase todos a limpar a boca) saíam aos tropeções de diversas portas. Embora as suas armaduras estivessem num estado deplorável, tratava-se de indivíduos que poderiam ter lutado se fossem incitados ou se soubessem o que estava a acontecer, pelo que o momento era de perigo. Mas Caspian nem lhes deu tempo para pensarem.

— Onde está o capitão? — perguntou.

— Sou eu, mais ou menos, não sei se está a perceber — respondeu um jovem de ar lânguido e com ares de janota, sem qualquer armadura.

— É meu desejo — prosseguiu Caspian — que a nossa real visita ao nosso domínio das Ilhas Solitárias seja, se possível, uma ocasião de alegria, e não de terror para os meus leais súbditos. Se assim não fosse, teria qualquer coisa a dizer sobre o estado da armadura e das armas dos vossos homens. Mas estais perdoado. Mandai abrir uma pipa de vinho para os vossos homens beberem à nossa saúde. Mas amanhã, ao meio-dia, quero vê-los aqui neste pátio com aspecto de soldados, e não de vagabundos. Se não cumprirdes esta ordem, incorrereis no meu desagrado.

O capitão ficou de boca aberta, mas Bern gritou imediatamente:

— Três vivas ao Rei!

E os soldados, que tinham percebido o que Caspian dissera sobre a pipa de vinho, mesmo que não tivessem entendido mais nada, fizeram coro com ele.

Caspian ordenou então à maioria dos seus homens que se mantivessem no pátio, enquanto ele, Bern e Drínian entravam no salão do castelo.

A uma mesa no outro extremo, rodeado por vários secretários, estava sentada Sua Senhoria, o Governador das Ilhas Solitárias. Gumpas era um homem de aspecto bilioso, com cabelo que em

tempos fora ruivo e agora era quase todo grisalho. Olhou de relance os desconhecidos e depois voltou a fitar os papéis, dizendo automaticamente:

— Só há entrevistas sem marcação entre as nove e as dez da noite do segundo sábado de cada mês.

Caspian fez um aceno de cabeça a Bern e desviou-se para o lado. Bern e Drínian avançaram e cada um pegou numa ponta da mesa. Ergueram-na e atiraram-na para um lado do salão, onde se foi desmantelar, por entre uma cascata de cartas, resmas de papéis, tinteiros, canetas, paus de lacre e documentos. Depois, sem brusquidão, mas com firmeza, como se as suas mãos fossem pinças de aço, tiraram Gumpas da cadeira e depositaram-no, de frente para ela, a um metro de distância. No mesmo momento Caspian sentou-se na cadeira e poisou a espada desembainhada sobre os joelhos.

— Senhor — disse ele, fixando Gumpas nos olhos —, não me haveis dado as boas-vindas que esperava. Sou o Rei de Nárnia.

— Não há nada sobre isso na correspondência. Nem nas minutas. Não recebemos nenhuma informação a esse respeito. Não está dentro das normas. Mas é com todo o prazer que atenderei qualquer solicitação…

— Estou aqui para investigar como Vossa Senhoria tem desempenhado o seu cargo — prosseguiu Caspian. — Há sobretudo duas questões sobre as quais exijo uma explicação. Em primeiro lugar, não me consta que o tributo que estas ilhas devem pagar à coroa de Nárnia tenha sido recebido desde há cerca de cento e cinquenta anos.

— Isso será uma questão a pôr ao conselho para o mês que vem — retorquiu Gumpas. — Se alguém propuser que se crie uma comissão de inquérito para averiguar a história financeira das ilhas, então…

— Também vem claramente expresso nas nossas leis — prosseguiu Caspian — que, se o tributo não for pago, toda a dívida terá de ser liquidada pelo Governador das Ilhas Solitárias dos seus fundos privados.

— Oh, isso está fora de questão — respondeu Gumpas, agora muito atento. — É uma impossibilidade económica… Vossa Majestade deve estar a brincar.

No seu íntimo, estava a perguntar-se se haveria alguma maneira de se livrar daqueles visitantes indesejáveis. Se tivesse sabido que

Caspian tinha apenas um barco, teria proferido palavrinhas mansas nesse momento, mas tê-los-ia mandado cercar e matar durante a noite. Todavia, na véspera vira um barco de guerra cruzar os estreitos e emitir sinais, ao que supunha, a outros barcos do mesmo tipo. Na altura não percebera que se tratava do barco do Rei por não haver vento suficiente para desfraldar a vela e tornar visível o leão dourado, pelo que esperara até saber do que se tratava. Agora imaginava que Caspian tinha uma armada inteira em Bernburgo. Nunca lhe teria ocorrido que alguém entrasse em Porto Estreito para tomar as ilhas com menos de cinquenta homens, pois não era coisa que ele próprio se imaginasse a fazer.

— Em segundo lugar — disse Caspian —, quero saber por que haveis permitido que se desenvolvesse esse abominável e desnaturado tráfico de escravos, contrário aos antigos usos e costumes destes domínios.

— É necessário e inevitável. Asseguro-vos de que constitui uma parte essencial do desenvolvimento económico das ilhas. A nossa prosperidade actual depende dele.

— Que necessidade tendes de escravos?

— Para exportar, Majestade. São quase todos para vender aos Calormenitas; e temos outros mercados. Somos um grande entreposto comercial.

— Por outras palavras — prosseguiu Caspian —, não precisais deles. Dizei-me para que servem, a não ser para encher de dinheiro os bolsos de indivíduos da laia de Pug?

— A juventude de Vossa Majestade — disse Gumpas com um sorriso paternal — impede que possais compreender o problema económico em questão. Tenho estatísticas, tenho gráficos, tenho...

— Por muito jovem que seja, creio perceber tanto de tráfico de escravos como Vossa Senhoria. E não vejo que traga para as ilhas carne, pão, cerveja, vinho, madeira, couves, livros, instrumentos musicais, cavalos, armaduras, nem seja o que for de valioso. Mas, seja como for, tem de acabar.

— Mas isso era fazer os ponteiros do relógio andarem para trás — disse o governador sobressaltado. — Tendes alguma ideia do que é o progresso, o desenvolvimento?

— Já vi ambos em embrião. Em Nárnia chamamos a isso corrupção. Esse tráfico tem de acabar.

— Não posso tomar a responsabilidade de uma medida dessas — retorquiu Gumpas.

— Muito bem. Então demito-vos do vosso cargo. Aproximai-vos, Senhor de Bern. — E antes que Gumpas percebesse o que se estava a passar, Bern estava ajoelhado com as mãos entre as mãos do Rei, a prestar juramento de que iria governar as Ilhas Solitárias de acordo com os antigos usos e costumes, direitos e leis de Nárnia. — Acho que já tivemos suficientes governadores — prosseguiu Caspian. E nomeou Bern Duque das Ilhas Solitárias. — Quanto a vós, Senhor — disse a Gumpas —, perdoo--vos a vossa dívida do tributo. Porém, antes do meio-dia de amanhã, vós e os vossos companheiros deveis estar fora do castelo, que é agora a residência do Duque.

— Isso está tudo muito bem — disse um dos secretários de Gumps —, mas agora é melhor deixarmo-nos de conversas e passarmos aos aspectos práticos. A questão que se põe é que...

— A questão — disse o Duque — é saber se tu e o resto da canalha se vão embora com ou sem uma dose de chicotadas. A escolha é vossa.

Quando tudo ficou resolvido, Caspian mandou buscar cavalos. Havia uns quantos no castelo, embora muito maltratados, e ele, Bern e Drínian, com alguns dos companheiros, cavalgaram até à cidade e dirigiram-se ao mercado de escravos. Tratava-se de um edifício baixo e comprido, perto do porto, e a cena que se lhes deparou ao entrarem assemelhava-se a um leilão: havia uma grande multidão e Pug, em cima de um estrado, gritava com voz rouca:

— Agora é o lote vinte e três, meus senhores. Belo trabalhador agrícola terebinthiano, bom para as minas ou para as galés. Menos de vinte e cinco anos. Nem um dente tem estragado. É um sujeito forte e musculoso. Tira-lhe a camisa, Tacks, e deixa os senhores verem. Observem estes músculos! Olhem que peito! Dez crescentes do senhor lá do canto. Deve estar a brincar. Quinze! Dezoito! Dezoito pelo lote vinte e três. Alguém dá mais? Vinte e um. Muito obrigado. Vai em vinte e um...

Mas Pug interrompeu-se, sobressaltado, ao ver as figuras com cotas de malha que se tinham aproximado da plataforma.

— Todos de joelhos perante o Rei de Nárnia — ordenou o Duque.

Quase todos obedeceram, pois tinham ouvido os cascos dos cavalos lá fora e aos ouvidos de muitos tinham chegado boatos acerca do desembarque e do que se passara no castelo. Os que não se ajoelharam foram forçados a fazê-lo pelos que estavam ao lado. Houve quem aplaudisse.

— Devias pagar com a vida, Pug, o que fizeste ontem — disse Caspian. — Mas a tua ignorância está perdoada. Há um quarto de hora, o tráfico de escravos foi proibido em todos os meus domínios. Declaro livres todos os escravos que se encontram neste mercado.

Ergueu a mão para deter os aplausos dos escravos e prosseguiu:

— Onde estão os meus amigos?

— A linda menina e o jovem cavalheiro? — perguntou Pug com um sorriso insinuante. — Foram logo arrematados.

— Estamos aqui, Caspian — gritaram Lucy e Edmund em coro.

— Às vossas ordens, Majestade — disse Ripitchip com a sua vozinha aflautada, de outro canto do recinto.

Tinham todos sido vendidos, mas os homens que os haviam comprado tinham ficado para licitar mais escravos e por isso ainda não os haviam levado. A multidão abriu alas para lhes dar passagem e houve grande troca de apertos de mão e de saudações entre eles e Caspian. Dois mercadores de Calormen aproximaram-se imediatamente. Os Calormenitas têm rostos trigueiros e barbas compridas. Usam túnicas leves e turbantes cor de laranja e são um povo sábio, abastado, cortês, cruel e antigo. Fizeram a Caspian uma vénia extremamente delicada e teceram-lhe grandes elogios acerca das fontes de prosperidade que irrigam os jardins da prudência e da virtude, e outros semelhantes, mas é claro que o que queriam era o dinheiro que tinham pago.

— Isso é mais que justo — disse Caspian. — Todos os homens que compraram um escravo hoje vão recuperar o seu dinheiro. Pug, entrega o que recebeste até ao último mínimo. — (Um mínimo é a quadragésima parte de um crescente.)

— Vossa Majetade quer reduzir-me à mendicidade? — choramingou Pug.

— Viveste toda a tua vida do desespero dos outros e é preferível ser mendigo do que escravo. Mas onde está o meu outro amigo?

— Oh, aquele? — respondeu Pug. — Levai-o e que vos faça bom proveito. Fico contente por me ver livre dele. Em toda a minha vida, nunca vi um traste maior no mercado. Acabei por pedir por ele cinco crescentes, mas mesmo assim ninguém o quis. Ofereci-o de graça com outros, mas nem assim o quiseram. Ninguém lhe tocava nem olhava para ele. Tacks, traz o Trombudo.

E assim apareceu Eustace, que, não havia dúvida, estava com um ar rabujento, pois, embora ninguém goste de ser vendido como escravo, talvez ainda seja mais humilhante ser uma espécie de escravo que ninguém quer comprar. Dirigiu-se a Caspian e disse:

— Estou a perceber. É o costume. Andaram a divertir-se sei lá onde enquanto nós estávamos prisioneiros. Imagino que ainda nem descobriram o consulado britânico. É óbvio que não.

Nessa noite tiveram uma grande festa no castelo de Porto Estreito e, antes de ir para a cama e depois de se despedir de todos com muitas vénias, Ripitchip disse:

— Amanhã começam as nossas verdadeiras aventuras!

Mas não poderia ser no dia seguinte, nem nada que se parecesse, pois agora, que estavam prestes a deixar para trás as terras e os mares conhecidos, tinham de fazer grandes preparativos. O *Caminheiro da Alvorada* foi esvaziado e levado para terra sobre rodas, puxado por oito cavalos e inspeccionado a fundo pelos mais hábeis calafates. Depois foi de novo lançado ao mar e abastecido de tantos alimentos e água quanto podia comportar — ou seja, provisões para vinte e oito dias. Mesmo isso, como Edmund observou com desapontamento, só lhes dava catorze dias para navegarem para leste antes de terem de abandonar a sua demanda.

Enquanto tinham lugar estes preparativos, Caspian não perdia uma oportunidade de interrogar os mais velhos capitães de Porto Estreito a fim de saber se tinham conhecimento ou se tinham ouvido falar de terras mais para leste. Serviu muitas garrafas da cerveja do castelo a homens curtidos pelo tempo, com barbas curtas e grisalhas e olhos azul-claros e, em troca, ouviu muitas histórias. Porém, os que pareciam mais sinceros não falavam de terras para além das Ilhas Solitárias e muitos eram de opinião de que, se se navegasse muito para leste, se chegaria aos vagalhões de um mar sem terra que redemoinhava perpetuamente à beira do mundo.

— E calculo que foi aí — diziam — que os amigos de Vossa Majestade se terão afundado.

O resto eram só histórias inverosímeis de ilhas habitadas por homens sem cabeça, ilhas flutuantes, trombas de água e um fogo que ardia no mar. Só um deles, para delícia de Ripitchip, disse:

— E mais para além fica o reino de Aslan. Mas é para além do fim do mundo e não se pode lá chegar.

Porém, quando lhe fizeram mais perguntas, só pôde responder que tinha sido o pai a contar-lhe aquilo.

Bern só lhes soube dizer que vira os seus seis companheiros rumarem para leste e que nunca mais ouvira falar deles. Disse isto quando ele e Caspian se encontravam no ponto mais alto de Avra a olhar para o oceano a nascente.

— Vim aqui muitas manhãs — disse o Duque — para ver o Sol nascer no mar e, por vezes, era como se ele estivesse apenas a umas mihas de distância. E perguntei-me o que teria sucedido aos meus amigos e o que estará por detrás desse horizonte. O mais provável é que não esteja nada, mas, mesmo assim, sinto-me sempre envergonhado por ter ficado para trás. Não me agrada que Vossa Majestade vá até lá. Podemos precisar da vossa ajuda aqui. O terdes fechado o mercado dos escravos talvez vá trazer transformações; o que prevejo é uma guerra com os Calormenitas. Pensai melhor, Majestade.

— Fiz um juramento, Duque — foi a resposta de Caspian. — E, de qualquer modo, que *podia* eu dizer a Ripitchip?

5

A TEMPESTADE E AS SUAS CONSEQUÊNCIAS

Foi quase três semanas depois de ter aportado que o *Caminheiro da Alvorda* zarpou de Porto Estreito. Houve despedidas muito solenes e uma grande multidão reuniu-se para assistir à partida. Soaram aplausos e correram lágrimas quando Caspian fez o último discurso aos habitantes das Ilhas Solitárias e se separou do Duque e da família; porém, quando o barco, com a sua vela púrpura a adejar suavemente, se afastou da margem e o som da trombeta de Caspian à popa se tornou mais fraco, todos ficaram em silêncio. Depois, a embarcação começou a ser impelida pelo vento. A vela enfunou-se, o rebocador soltou-se e começou a remar de regresso e a primeira vaga a sério ergueu-se sob a proa do *Caminheiro da Alvorada*, e foi como se o barco tivesse voltado à vida. Os homens que tinham estado de serviço desceram para o porão, Drínian foi para a popa, com o primeiro quarto a seu cargo, e a embarcação rumou para leste, contornando o Sul de Avra.

Os dias que se seguiram foram maravilhosos. Lucy pensou que era a rapariga mais feliz do mundo ao acordar todas as manhãs a ver os reflexos da água iluminada pelo sol a dançarem no tecto do camarote e ao olhar em redor para todas as coisas novas e belas que tinha trazido das Ilhas Solitárias — botas e borzeguins, capas, coletes e *écharpes*. Depois ia até à coberta, do castelo da popa contemplava o mar, que cada manhã estava de um azul mais intenso, e aspirava um ar de dia para dia mais cálido. Seguia-se o pequeno-almoço, tomado com um apetite que só se tem quando se anda embarcado.

Passava grande parte do tempo sentada no banquinho à popa, a jogar xadrez com Ripitchip. Era divertido vê-lo a levantar as peças, demasiado grandes para ele, com ambas as patas, e a pôr-se em bicos de pés se tinha de mexer uma peça para o centro do tabuleiro. Era um bom jogador e, quando se lembrava do que estava a fazer, em geral ganhava. Contudo, de quando em quando, era Lucy a vencedora, pois o Rato fazia qualquer coisa ridícula como enviar um cavaleiro ao mesmo tempo em auxílio de uma dama e de uma torre. Isto acontecia por se esquecer de que se tratava de um jogo, tomando-o por uma batalha a sério, e por pôr o cavaleiro a fazer o que sem dúvida ele próprio teria feito em seu lugar. O caso é que tinha a cabeça cheia de missões perigosas, de batalhas de morte ou glória e de confrontos desesperados.

Mas esses tempos felizes não duraram. Certo dia, ao entardecer, estava Lucy à popa a contemplar preguiçosamente o longo sulco que as ondas deixavam para trás, quando viu um enorme aglomerado de nuvens que se formava a oeste a grande velocidade. Depois abriu-se uma grande brecha nele, por onde espreitou um Sol poente amarelo. Todas as ondas que ficavam para trás do barco pareceram assumir formas invulgares e o mar ficou de uma cor amarelada, como uma tela suja. O ar tornou-se frio. O barco parecia avançar com inquietação, como se sentisse perigo na sua esteira. A vela estava lisa e frouxa num minuto para, no

seguinte, ficar toda enfunada. Enquanto reparava nestas coisas e se perguntava que mudança sinistra se fazia sentir no ruído do vento, Drínian gritou:

— Todos os homens à coberta!

Daí a instantes todos se afadigavam. As escotilhas foram reforçadas com travessas, o fogo da cozinha apagado e homens subiram aos mastros para meter a vela nos rizes. Antes de terem acabado, a tempestade desabou sobre eles. Lucy teve a impressão de que se precipitavam para um grande vale que se abria no mar, mais fundo do que teria podido imaginar. Uma grande colina de água cinzenta, muito mais alta do que o mastro, precipitava-se ao seu encontro; parecia morte certa, mas o barco ergueu-se até ao cimo dela. Depois pareceu rodopiar. Uma catarata de água abateu-se sobre a coberta; a popa e o castelo da proa pareciam duas ilhas com um mar feroz a separá-las. Lá no alto, os marinheiros estendidos na verga tentavam desesperadamente controlar a vela. Uma corda partida fustigada pelo vento projectou-se para o lado, tão dura e rígida como uma vara.

— Descei, senhora — bradou Drínian.

E Lucy, sabendo que os homens e as mulheres que vivem em terra são um empecilho para a tripulação, dispôs-se a obedecer, o que não era fácil. O *Caminheiro da Alvorada* estava terrivelmente inclinado para estibordo e a coberta estava em declive como o telhado de uma casa. Teve de se arrastar até ao cimo da escada, agarrando-se à amurada, e depois de esperar enquanto dois homens subiam, para poder descer. Foi uma sorte estar tão bem segura, pois, ao chegar ao fundo da escada, uma nova vaga varreu a coberta e a água chegou-lhe aos ombros. Já estava quase encharcada devido à espuma e à chuva, mas aquela água era mais fria. Depois correu para a porta do camarote, entrou e fechou-a, eliminando por um instante o terrível espectáculo da rapidez com que se precipitavam na escuridão, mas não a tremenda confusão de estalidos, rangidos, rugidos e estrondos, mais assustadores lá em baixo do que na popa do navio.

E no dia seguinte e no outro a tempestade continuou. Continuou até já ninguém se lembrar de como era antes de ter começado. Tinha de haver sempre três homens ao leme e nem assim conseguiam manter uma rota. E tinha sempre de haver homens à bomba. Quase não havia descanso para ninguém e não se podia cozinhar nem secar nada, e um homem caiu ao mar e deixaram de ver o Sol.

Quando a tempestade terminou, Eustace escreveu o seguinte no seu diário:

«*3 de Setembro*. Desde há sei lá quanto tempo, é o primeiro dia em que consigo escrever. Durante treze dias e treze noites estivemos sob um furacão. Sei quanto tempo foi porque contei com todo o cuidado, embora os outros todos digam que foram apenas doze. Que *agradável* estar embarcado numa viagem perigosa com gente que nem sequer sabe contar como deve ser! Foi horroroso andar para cima e para baixo, impelido por vagas enormes, hora após hora, em geral molhado até aos ossos, sem que ninguém *tentasse* sequer dar-nos uma refeição em condições. Escusado será dizer que não há um rádio, nem sequer um foguete, pelo que não há hipótese de fazer sinais para pedir auxílio. Isto só prova o que eu ando sempre a dizer, que foi uma loucura partir numa casca de noz como esta. Já seria mau se se estivesse na companhia de pessoas decentes, em vez de demónios em figura de gente. O Caspian e o Edmund são uns brutos para mim. Na noite em que perdemos o mastro (agora só resta um coto), embora não me sentisse *nada bem*, obrigaram-me a ir para a coberta e a trabalhar como um escravo. A Lucy meteu a colherada a dizer que o Ripitchip estava desejoso de ajudar, só que era pequeno de mais. Pergunto-me se ela não percebe que tudo o que esse animalejo faz é para *dar nas vistas*. Mesmo na idade dela já devia ter mais bom senso. Finalmente, hoje o maldito barco deixou de andar aos solavancos, o sol despontou e estivemos todos a trocar impressões sobre o que havemos de fazer. Temos comida suficiente, quase toda uma porcaria, para dezasseis dias. (As galinhas caíram todas ao mar. E mesmo que isso não tivesse acontecido, com a tempestade de certeza tinham deixado de pôr ovos.) Duas barricas ficaram rachadas e estão vazias (mais uma vez a eficiência narniana). Com rações reduzidas, um quarto de litro por dia, temos que chegue para doze dias. (Ainda há uma quantidade de rum e de vinho, mas até *eles* percebem que isso só lhes faria mais sede.)

Se eu pudesse, é claro que a coisa mais sensata a fazer seria virar para oeste e rumar para as Ilhas Solitárias. Mas levámos dezoito dias a chegar aqui, a correr à desfilada impelidos pela tempestade. Mesmo que tivéssemos vento de leste, poderíamos levar muito mais tempo a regressar. E neste momento não há sinal de vento leste — na realidade, não há vento nenhum. Qunto a voltarmos a remar, demoraria demasiado tempo e Caspian diz que os homens não podem remar com um quarto de litro de água por dia. Tenho a certeza absoluta de que está enganado. Tentei explicar que a transpiração refresca as pessoas e que por isso os homens precisariam de menos água se estivessem a trabalhar. Ele não ligou nenhuma, que é o que faz sempre que não consegue lembrar-se de uma resposta. Os outros todos votaram a favor de continuar, na esperança de encontrarem terra. Achei que era meu dever chamar a atenção para o facto de não sabermos se *havia* terra mais para a frente e tentei fazê-los ver os perigos de tomarem os seus desejos por realidades. Em vez de arranjarem um plano melhor, tiveram a lata de me perguntar o que propunha. Por isso, limitei-me a explicar fria e calmamente que tinha sido raptado e trazido nesta viagem *idiota* sem minha autorização e que não era *a mim* que cabia tirá-los *a eles* do sarilho em que se haviam metido.

4 de Setembro. Continua a calmaria. Rações muito escassas para o jantar e eu tive menos do que os outros. Caspian é muito esperto a servir-se e julga que eu não vejo! Não sei lá porquê, a Lucy tentou adoçar-me a boca oferecendo-me alguma da comida dela, mas esse emproado do Edmund, sempre a meter o nariz onde não é chamado, não a deixou. Está um sol quentíssimo. Tive uma sede terrível a tarde toda.

5 de Setembro. O tempo continua calmo e muito quente. Senti-me pessimamente durante todo o dia e tenho a certeza de que estou com febre. Está claro que eles não têm o bom senso de ter um termómetro a bordo.

6 de Setembro. Um dia horrível. Acordei de noite com a *certeza* de que estava com febre e *tinha* de beber água. Era o que qualquer médico teria dito. Sabe Deus que sou a última pessoa a tentar conseguir privilégios indevidos, mas nunca sonhei que este racionamento de água se aplicasse a uma pessoa doente. Em boa verdade, teria acordado os outros e pedido de beber se não tivesse pensado que era egoísmo fazê-lo. Por isso levantei-me, peguei na minha malga e saí em bicos de pés do Buraco Negro onde dormimos, com todo o cuidado para não incomodar o Caspian e o Edmund, pois têm andado a dormir mal desde que começou o calor e a falta de água. Tento sempre ter consideração pelos outros, quer sejam simpáticos para mim, quer não. Cheguei sem problema à grande sala, se é que se lhe pode chamar sala, onde estão os bancos de remar e as bagagens. A coisa da água está numa ponta. Estava tudo a correr bem, mas, antes de ter enchido uma malga, quem me havia de apanhar? Esse espiãozinho do Rip. Tentei explicar-lhe que ia até à coberta para apanhar ar (a história da água não tinha nada a ver com ele) e perguntou-me por que levava uma malga. Fez tal alarido que o barco inteiro acordou. Trataram-me de uma maneira escandalosa. Perguntei, como qualquer outra pessoa o teria feito, por que andava Ripitchip a cheirar em volta do barril da água a meio da noite. Ele respondeu que, como era demasiado pequeno para ser útil na coberta, ficava de sentinela à água todas as noites, de modo que mais um homem pudesse dormir. E então é que foi a injustiça total: acreditaram todos *nele*. Não é incrível?

Tive de pedir desculpa para aquele monstrozinho perigoso não me atacar com a espada. E então o Caspian mostrou-se como realmente é, um tirano brutal, e disse alto e bom som, para toda a gente ouvir, que, de futuro, quem fosse apanhado a «roubar» água, «levava duas dúzias delas». Eu não sabia o que isso significava até o Edmund me explicar que eram vergastadas. É uma coisa que vem naquele género de livros que os Pevensies lêem.

Depois desta ameaça cobarde, o Caspian mudou de tom e começou a armar-se em bonzinho. Disse que tinha pena de mim, mas que todos se sentiam tão febris como eu e que tínhamos de aguentar o melhor que pudéssemos, etc., etc. É um presumido detestável. Hoje fiquei todo o dia na cama.

7 de Setembro. Hoje corre um pouco de vento, mas ainda de oeste. Fizemos umas milhas para leste, com parte do velame armado naquilo a que o Drínian chama o mastro improvisado — o que significa o gurupés posto na vertical e amarrado ao coto do verdadeiro mastro. Continuo com uma sede terrível.

8 de Setembro. Continuamos a vogar para leste. Agora passo todo o dia no beliche e não vejo ninguém a não ser a Lucy até os dois *demónios* virem para a cama. A Lucy dá-me um pouco da sua ração de água. Diz que as raparigas não têm tanta sede como os rapazes. Já muitas vezes tinha pensado nisso, mas quem anda embarcado devia sabê-lo melhor.

9 de Setembro. Terra à vista; uma montanha altíssima, muito longe, a sudeste.

10 de Setembro. A montanha está maior e mais nítida, mas continua muito longe. Gaivotas pela primeira vez desde há sei lá quanto tempo.

11 de Setembro. Pescámos uns peixes e comemo-los ao jantar. Lançámos a âncora pelas sete da tarde numa baía desta ilha montanhosa. O idiota do Caspian não nos quis deixar ir a terra por estar a escurecer e por ter medo de que houvesse indígenas e animais selvagens. Esta noite, ração extra de água.»

O que os esperava nessa ilha iria atingir mais Eustace do que qualquer dos outros, mas não pode ser reproduzido nas suas próprias palavras, porque, a partir de 11 de Setembro, se esqueceu de escrever o diário durante muito tempo.

Quando a manhã chegou, com um céu baixo e cinzento, mas muito calor, os aventureiros descobriram que estavam numa baía rodeada por tais falésias e escarpas que se diria um fiorde da Noruega. À sua frente, na baía, havia uma pequena extensão de terra plana coberta de árvores que pareciam ser cedros, através da qual corria um riacho. Mais para além via-se uma subida íngreme que terminava numa escarpa recortada e, por trás, vagas e escuras montanhas que se erguiam até às nuvens de cores sombrias, de modo que não se distinguia o cume. Os penhascos mais próximos, de cada lado da baía, estavam riscados aqui e ali por linhas brancas, que todos perceberam ser cataratas, embora àquela distância não se desse por qualquer movimento nem se ouvisse barulho. Na realidade, todo o lugar era muito silencioso e a água da baía tão lisa como vidro, reflectindo cada pormenor dos penhascos. O cenário teria sido belo num quadro, mas ao vivo era opressivo. Não era uma região acolhedora para os visitantes.

Em duas viagens de bote, toda a tripulação do barco foi a terra e todos beberam água e se lavaram no rio, deliciados; comeram uma refeição e descansaram antes de Caspian enviar quatro homens para tomarem conta do navio e a faina do dia começar. Havia imensas coisas a fazer. As barricas tinham de ser levadas para terra e as que estavam rachadas, consertadas, se possível, e

tornadas a encher; era preciso abater uma árvore — um pinheiro, se encontrassem algum — para fazer um novo mastro; as velas tinham de ser reparadas; organizou-se um grupo para caçar quaisquer animais que houvesse na ilha; havia roupa para lavar e coser e inúmeras fendas a bordo para tapar. O *Caminheiro da Alvorada* — isto era mais evidente agora, que o viam à distância — estava irreconhecível e nem parecia a bela embarcação que havia partido de Porto Estreito. Fazia lembrar uma velha barcaça estropiada e sem brilho, que dava ideia de ter sofrido um naufrágio. E os seus oficiais e a tripulação não estavam em melhor estado — magros, pálidos, com os olhos vermelhos da falta de sono e esfarrapados.

Deitado debaixo de uma árvore, Eustace ouviu todos estes planos e ficou desanimado. Não iriam ter descanso? Era como se o primeiro dia na terra tão desejada fosse ser tão trabalhoso como um dia no mar. Depois teve uma ideia maravilhosa. Não estava ninguém a olhar — estavam todos a tagarelar sobre o barco como se gostassem realmente daquela porcaria. Por que não havia ele de se escapar à socapa? Daria um passeiozinho até ao interior da ilha, encontraria um lugar fresco e arejado nas montanhas, dormiria uma boa soneca e só iria ter com os outros quando o trabalho do dia tivesse acabado. Sentiu que lhe faria bem. Mas teria grande cautela para não perder de vista a baía e o barco, a fim de ter a certeza de que poderia voltar, pois não gostaria de ficar sozinho naquele local.

Pôs imediatamente o plano em prática. Sem fazer barulho, levantou-se e afastou-se por entre as árvores, tendo o cuidado de caminhar devagar e como quem não quer a coisa, de modo que se alguém o visse, pensasse que estava a desentorpecer as pernas. Ficou surpreendido por descobrir como o ruído das conversas esmorecia rapidamente atrás dele e como o bosque se tornava quente, silencioso e de um verde-escuro. Daí a pouco sentiu que se podia aventurar a andar mais depressa e com mais determinação.

Não tardou a sair do bosque. Pouco depois, o solo à sua frente tornou-se íngreme. A erva era seca e escorregadia, mas não foi difícil prosseguir usando as mãos e os pés e, embora estivesse ofegante e enxugasse muitas vezes o suor da testa, continuou a escalada sem se deter. Isto, a propósito, era a prova de que a sua nova vida, embora curta, já lhe estava a fazer bem; o antigo Eustace, o Eustace de Harold e de Alberta, teria desitido da subida ao fim de dez minutos.

Lentamente, e com paragens para descansar, chegou ao cume. Daí esperava avistar o interior da ilha, mas as nuvens estavam agora mais baixas e mais próximas e um banco de nevoeiro deslocava-se ao seu encontro. Sentou-se e olhou para trás. Agora encontrava-se tão alto que a baía lá em baixo parecia pequena e se avistava uma vasta extensão de mar. Depois, o nevoeiro vindo das montanhas adensou-se em seu redor, cerrado mas não frio, e ele deitou-se e virou-se de um lado para o outro a fim de encontrar a posição mais confortável para descansar.

Mas a sensação de bem-estar não durou muito tempo. Começou, talvez pela primeira vez na vida, a sentir-se sozinho. A princípio, esse sentimento foi aumentando gradualmente. Depois começou a preocupar-se com as horas. Não se ouvia o menor som. De súbito ocorreu-lhe que talvez estivesse ali deitado há horas. Talvez os outros já tivessem partido! Talvez o tivessem deixado afastar-se de propósito simplesmente para se livrarem dele! Levantou-se de um salto, cheio de pânico, e deu início à descida.

A princípio tentou ir demasiado depressa, escorregou na erva resvaladiça e deslizou vários metros. Depois pensou que isso o tinha levado demasiado para a esquerda e, ao subir, vira precipícios desse lado. Por isso voltou a trepar, aproximando-se do lugar de onde supunha ter partido, e recomeçou a descer, dirigindo-se para a direita. A partir daí as coisas pareceram começar a correr melhor. Seguia com toda a cautela, pois não via mais do que um metro à frente do nariz e o silêncio em seu redor continuava a ser total. É muito desagradável ter de se seguir com cautela quando há uma voz dentro de nós que não pára de dizer: «depressa, depressa, depressa». A cada momento, a ideia de que o tinham deixado sozinho tornava-se mais forte. Se compreendesse minimamente Caspian e os Pevensies, é claro que teria percebido que não havia a menor hipótese de lhe fazerem uma coisa dessas. Mas tinha-se convencido de que eram demónios em figura de gente.

— Até que enfim! — exclamou Eustace ao escorregar por uma encosta coberta de pedras soltas e dar consigo em terreno plano. — E agora, onde estão aquelas árvores? Há qualquer coisa escura ali à frente. Olha, acho que o nevoeiro está a diminuir.

E estava. A luz aumentava a cada momento e fazia-o pestanejar. O nevoeiro dissipou-se. Encontrava-se num vale completamente desconhecido e não se avistava o mar em lado algum.

6

AS AVENTURAS DE EUSTACE

Nesse preciso momento, os outros estavam a lavar as mãos e a cara no rio e a preparar-se para jantar e descansar. Os três melhores archeiros tinham subido aos montes a norte da baía e voltado carregados com um par de cabritos selvagens que agora assavam numa fogueira. Caspian mandara trazer um barril de vinho para terra, vinho forte de Archenland, que tinha de ser misturado com água antes de o beberem, de modo que havia muito para todos. O trabalho correra bem e o repasto foi alegre. Só depois de se servir pela segunda vez de carne, Edmund perguntou:

— Onde está aquela peste do Eustace?

Entretanto, Eustace olhava em redor no vale desconhecido. Este era tão estreito e tão profundo e os precipícios que o rodeavam de tal modo abruptos que se assemelhava a um enorme poço ou a uma trincheira. O solo estava coberto de erva, embora semeado de rochas, e, aqui e ali, Eustace viu trechos queimados, negros, como os que se vêem nas ravinas aos lados de uma linha férrea num Verão seco. A cerca de quinze metros havia um pequeno lago de água límpida. A princípio não parecia existir nada mais no vale; nem um mamífero, nem uma ave, nem um insecto. Agora o sol estava forte e os picos das montanhas, ameaçadores, espreitavam acima da beira do vale.

É claro que Eustace se apercebeu de que, devido ao nevoeiro, descera pelo lado errado da elevação, pelo que se virou imediatamente para ver como havia de voltar para trás. Mas, mal olhou, foi percorrido por um arrepio. Ao que parecia, fora uma sorte espantosa encontrar a única descida possível — uma longa faixa de terra coberta de verdura, horrivelmente íngreme e estreita, com precipícios dos dois lados. Não havia outro caminho possível para retroceder. Mas conseguiria fazê-lo, agora que via como era? Sentiu vertigens só de pensar nisso.

Virou-se de novo, a pensar que, de qualquer modo, o melhor a fazer era começar por beber uns bons goles de água do lago. Mas, mal se virara, e antes de ter dado um passo no vale, ouviu um ruído atrás de si. Era apenas um ruído ténue, mas naquele silêncio imenso parecia muito forte. Aquilo deixou-o ali transido durante um segundo. Depois virou a cabeça e olhou.

Aos pés de um penhasco à sua esquerda havia um buraco baixo e escuro — talvez a entrada de uma gruta — de onde saíam duas delgadas colunas de fumo. E as pedras escuras mesmo abaixo do buraco escuro moviam-se (fora esse o barulho que ouvira) como se qualquer coisa estivesse a rastejar atrás delas na escuridão.

Havia qualquer coisa a rastejar! Pior ainda, havia qualquer coisa a sair. Edmund, Lucy, ou um de vocês, teriam percebido imediatamente do que se tratava, mas Eustace só lera os livros errados. O que saía da gruta era qualquer coisa que nem sequer imaginara existir — um nariz longo, cor de chumbo, olhos baços e vermelhos, um corpo longo e flexível, sem penas nem pêlos, que se arrastava pelo chão, pernas com articulações mais altas do que as costas, como as de uma aranha, garras cruéis, asas de morcego, que raspavam ruidosamente nas pedras, e uma cauda de vários metros. E as duas colunas de fumo saíam-lhe das narinas. Eustace nem para si próprio disse a palavra *Dragão*. Mas, mesmo que a tivesse dito, não se teria sentido melhor.

Todavia, se soubesse alguma coisa sobre dragões, teria ficado um pouco surpreendido com o comportamento daquele. Não se sentou a bater as asas nem deitou labaredas pela boca. O fumo que lhe saía das narinas era como o de uma fogueira quase a apagar-se. Também não parecia ter-se dado conta da presença de Eustace. Avançou muito lentamente em direcção ao lago — devagar e parando muitas vezes. Mesmo aterrorizado como estava, Eustace sentiu que se tratava de uma criatura velha e triste. Perguntou a si próprio se se atreveria a dar uma corrida até à subida. Mas o animal poderia olhar em redor se ouvisse qualquer ruído. Podia ficar mais activo. Talvez estivesse apenas a simular. De qualquer modo, de que servia tentar escapar, trepando uma encosta, de um ser que podia voar?

O dragão chegou ao lago e fez deslizar sobre o cascalho o seu queixo horrível, coberto de escamas, para beber: porém, antes de ter bebido, soltou um grande grito roufenho e estridente e, depois de algumas contorções e convulsões, rolou para o lado e ficou perfeitamente imóvel, com uma pata no ar. Um pouco de sangue escuro jorrou-lhe da boca escancarada. O fumo que lhe saía das narinas tornou-se negro durante um instante, até se dissipar no ar. E não saiu mais.

Durante muito tempo, Eustace não se atreveu a esboçar um movimento. Talvez fosse um truque do monstro, a maneira de atrair os viajantes para uma morte certa. Mas não podia ficar eternamente à espera. Aproximou-se um passo, depois deu mais dois e deteve-se de novo. O dragão permanecia imóvel; também reparou que o fogo vermelho lhe desaparecera dos olhos. Por fim, chegou junto dele, com a certeza de que estava morto. Tocou-o com um arrepio; nada aconteceu.

O alívio foi tão grande que Eustace quase soltou uma gargalhada. Começou a sentir-se como se tivesse combatido e morto o dragão, em vez de apenas o ter visto morrer. Passou por cima dele e foi até ao lago para beber água, pois o calor estava a tornar-se insuportável. Não ficou surpreendido ao ouvir um trovão. Quase imediatamente o Sol desapareceu e Eustace ainda não tinha acabado de beber quando começaram a cair grandes gotas de chuva.

O clima daquela ilha era muito desagradável. Em menos de um minuto, Eustace ficou encharcado até aos ossos e quase cego com uma chuvada como nunca se vê na Europa. Enquanto o

temporal durasse, de nada serviria tentar trepar para sair do vale. Precipitou-se para o único abrigo que havia à vista — a caverna do dragão. Aí deitou-se e tentou recuperar o fôlego.

A maioria de nós sabe o que se espera encontrar na caverna de um dragão, mas, como já referi, Eustace só tinha lido os livros errados, que diziam muito sobre exportações e importações, governos e redes de esgotos, mas que eram omissos no que respeitava a dragões. Foi por esse motivo que ficou tão intrigado com o sítio onde se encontrava. Certas partes eram demasiado aguçadas para serem pedras e demasiado duras para serem espinhos, havia muitas coisas redondas e achatadas e tudo aquilo tilintava quando se mexia. A luz era suficiente para examinar a caverna. E está claro que Eustace descobriu que se tratava daquilo que qualquer de nós lhe poderia ter dito antecipadamente — um tesouro. Havia coroas (eram essas as coisas aguçadas), moedas, anéis, braceletes, lingotes de ouro, taças, salvas e pedras preciosas.

Eustace (ao contrário da maioria dos rapazes) nunca tinha pensado muito em tesouros, mas percebeu logo a utilidade que teria nesse novo mundo no qual fora cair através do quadro do quarto de Lucy em sua casa. «Aqui não se pagam impostos», disse para consigo. «E não se têm de entregar os tesouros ao governo. Com algumas destas coisas vou poder passar aqui uma boa temporada — talvez em Calormen, que me parece o menos bizarro destes países. Que conseguirei levar? Esta bracelete... tem umas coisas que devem ser diamantes... vou enfiá-la no pulso. É grande de mais, mas posso pô-la acima do cotovelo. Depois encho os bolsos de diamantes... é mais fácil do que ouro. Quando irá abrandar esta chuva infernal?» Passou para uma parte menos desconfortável da pilha, onde quase só havia moedas, e dispôs-se a esperar. Mas um grande susto, quando passa, sobretudo um grande susto depois de uma caminhada na montanha, deixa uma pessoa muito cansada. Eustace caiu a dormir.

Enquanto dormia a sono solto e ressonava, os outros tinham acabado de jantar e estavam a ficar seriamente preocupados por causa dele.

— Eustace! Eustace! Huu-huuu! — gritaram até ficarem roucos.

Depois Caspian tocou a sua trompa.

— Se estivesse perto, teria ouvido isto — disse Lucy muito pálida.

— Diabo de sujeito! — exclamou Edmund. — Que ideia a dele escapar-se desta maneira!

— Mas temos de fazer qualquer coisa — disse Lucy.

— Pode ter-se perdido, caído num buraco ou ter sido capturado por selvagens.

— Ou morto por alguma fera — acrescentou Drínian.

— Era um alívio se isso tivesse acontecido — resmungou Rhince.

— Mestre Rhince — declarou Ripitchip —, nunca vos ouvi proferir uma palavra que tão mal vos ficasse. Essa criatura não é um amigo meu, mas é do sangue da Rainha e, enquanto está na nossa companhia, é uma questão de honra encontrá-lo e vingá-lo se estiver morto.

— É claro que temos de o encontrar, se pudermos — corroborou Caspian com voz fatigada. — É isso que é aborrecido. Vai implicar uma busca e trabalhos infindáveis. Diabos levem o Eustace!

Entretanto, Eustace dormia a sono solto. O que o acordou foi uma dor no braço. A lua brilhava na entrada da caverna e o leito de tesouros parecia ter-se tornado muito mais confortável. Na realidade, quase não o sentia. A princípio ficou intrigado com a dor no braço, mas acabou por se lembrar de que a bracelete que enfiara até acima do cotovelo lhe tinha ficado estranhamente apertada. O braço devia ter inchado enquanto dormia (era o braço esquerdo).

Moveu o braço direito para apalpar o esquerdo, mas deteve-se antes de o ter deslocado um centímetro e mordeu os lábios aterrorizado. Mesmo à sua frente, ou um pouco para a direita, onde o luar iluminava o chão da caverna, viu uma forma horrenda a mover-se. Reconheceu-a: tratava-se da pata de um dragão. Tinha-se movido quando mexera a mão e imobilizara-se quando ele parara.

«Que palerma fui!», pensou Eustace. «Está claro que o monstro tinha uma companheira que está deitada ao meu lado.»

Durante vários minutos não se atreveu a mexer um músculo. Viu duas estreitas colunas de fumo a subirem diante dos seus olhos, negras contra a luz do luar, tal como as que saíam do nariz do outro dragão antes de morrer. Isto deixou-o de tal modo aterrado que susteve a respiração. As duas colunas de fumo desapareceram. Quando não conseguiu estar mais tempo sem respirar, deixou sair um pouquinho de ar; no mesmo instante, dois jactos de fumo surgiram de novo. Mas nem nessa altura se apercebeu da realidade.

Por fim decidiu esgueirar-se com toda a cautela para a esquerda e tentar rastejar para fora da caverna. Talvez o monstro estivesse a dormir — e, de qualquer modo, era a sua única hipótese. Mas é claro que, antes de ter deslizado para a esquerda, olhou nessa direcção. Oh, horror dos horrores! Desse lado também havia uma pata de dragão.

Ninguém censurará Eustace por nesse momento ter desatado num pranto. Ficou surpreendido com o tamanho das suas lágrimas ao vê-las cair sobre o tesouro à sua frente. Também pareciam estranhamente quentes, pois delas erguia-se vapor.

Mas de nada servia chorar. Tinha de tentar sair de entre os dois dragões a rastejar. Começou a estender o braço direito. A pata dianteira do dragão à sua direita descreveu exactamente o mesmo movimento. Depois pensou repetir o movimento com a esquerda. A pata do dragão desse lado também se moveu.

Dois dragões, um de cada lado, imitando tudo o que ele fazia! De cabeça perdida, deu um salto para fugir.

Ao precipitar-se para fora da caverna, houve uma tal barulheira, tilintar de ouro e pedras a rolar, que pensou que estavam ambos a segui-lo. Não se atreveu a olhar para trás. Correu para o lago. A forma contorcida do dragão morto, deitado ao luar, teria sido o suficiente para assustar qualquer pessoa, mas nesse momento mal se apercebeu dela. A sua ideia era entrar na água.

Porém, no momento em que chegou à beira do lago, sucederam duas coisas. A primeira ideia que lhe ocorreu como um relâmpago foi que tinha estado a correr de gatas e perguntou-se por que o teria feito. Em segundo lugar, ao inclinar-se para a água, pensou durante um segundo que outro dragão estava a olhar para ele do lago. Mas passado um instante compreendeu finalmente a verdade. Esse dragão era o seu próprio reflexo na água. Não havia dúvida. Mexia-se quando ele se mexia: abria e fechava a boca quando ele abria e fechava a sua.

Transformara-se num dragão enquanto dormia, por o ter feito sobre o tesouro de um dragão, com o coração cheio dos pensamentos, ávidos de riquezas, de um dragão.

Isso explicava tudo. Não tinha havido dois dragões com ele na caverna. As garras à direita e à esquerda eram as suas próprias garras. As duas colunas de fumo saíam das suas próprias narinas. Quanto à dor no braço esquerdo, via agora o que se passara olhando de esguelha com o olho esquerdo. A bracelete que servia muito bem no braço de um rapaz era demasiado pequena para a pata dianteira, grossa e atarracada, de um dragão. Enterrara-se profundamente na carne coberta de escamas e havia uma protuberância de cada lado que lhe doía. Tentou abri-la com os seus dentes de dragão, mas não conseguiu tirá-la.

Apesar da dor, a sua primeira sensação foi de alívio. Já não havia nada que tivesse de temer. Agora ele próprio era aterrorizador e nada no mundo a não ser um cavaleiro (e nem todos) se atreveria a atacá-lo. Agora podia haver-se mesmo com Caspian e Edmund…

Mas, no momento em que pensou isso, percebeu que não o desejava. Queria que fossem amigos. Desejava voltar para junto dos humanos e falar, rir e partilhar coisas. Deu-se conta de que era um monstro isolado de toda a raça humana. Foi invadido por um assustador sentimento de solidão. Começou a ver que, no fundo, os outros não tinham sido seus inimigos. Começou a perguntar-se se ele próprio teria sido tão simpático como sempre supusera. Sentiu saudades das vozes dos companheiros. Teria ficado grato por ouvir uma palavra gentil nem que fosse de Ripitchip.

Quando pensou nisto, o pobre dragão que fora Eustace desatou a chorar em altos gritos. Um poderoso dragão a chorar baba e ranho ao luar, num vale deserto, é um espectáculo difícil de imaginar.

Por fim, decidiu tentar encontrar o caminho de regresso para a praia. Percebia agora que Caspian nunca se teria ido embora deixando-o ficar. E teve a certeza de que, de uma maneira ou de outra, conseguiria fazer as pessoas entenderem quem ele era.

Bebeu uns bons goles de água e depois (sei que isto parece chocante, mas não é, se pensarem bem) comeu quase todo o dragão morto. Já ia a mais de metade quando se apercebeu do que estava a fazer; não sei se estão a entender, mas, embora a sua mente fosse a de Eustace, os seus gostos e a sua digestão eram de dragão. E não há nada que um dragão aprecie mais do que carne de dragão fresca. É por isso que é raro encontrar mais de um dragão na mesma região.

Depois deu meia volta para sair do vale. Começou a trepar com um salto, mas, mal pulou, deu-se conta de que estava a voar. Esquecera-se das asas e aquilo foi uma grande surpresa para ele — a primeira surpresa agradável que tinha havia muito tempo. Subiu bem alto no ar e viu inúmeros cumes de montanhas estendidos sob ele ao luar. Avistou a baía, semelhante a uma ardósia de prata, o *Caminheiro da Alvorada* ancorado e fogueiras a brilhar nos bosques, junto da praia. Lá daquela enorme altura, lançou-se em direcção a elas.

Lucy dormia a sono solto, pois ficara sentada até ao regresso do grupo que tinha procedido à busca, na esperança de boas notícias sobre Eustace. Os outros eram conduzidos por Caspian e tinham regressado tarde e muito fatigados. As notícias que traziam eram inquietantes. Não haviam encontrado nenhum vestígio de Eustace, mas tinham visto um dragão morto num vale. Tentaram consolar-se garantindo uns aos outros que não era provável haver mais dragões nas redondezas e que um que estava morto às 3 horas dessa tarde (que foi quando o viram) não devia andar a matar pessoas tão poucas horas antes.

— A menos que tenha comido a pestezinha e que tenha morrido disso: ele era capaz de envenenar qualquer pessoa — alvitrou Rhince, embora a meia voz, pelo que ninguém ouviu.

Mas mais tarde, nessa noite, Lucy acordou e viu que estavam todos reunidos, muito juntos e a falarem baixinho.

— Que se passa? — perguntou.

— Temos de dar mostras de grande determinação — disse Caspian. — Um dragão acabou de voar por cima das copas das árvores e de poisar na praia. Sim, estou com receio de que esteja entre nós e o barco. E as flechas de nada servem contra os dragões. Além disso, não têm medo do fogo.

— Se Vossa Majestade me permite... — começou a dizer o Rato.

— Não, Ripitchip — retorquiu o Rei com firmeza. — *Não vais* tentar travar um combate singular contra ele. E, se não prometes obedecer-me, mando amarrar-te. Temos de nos manter vigilantes e, mal o sol rompa, ir até à praia e dar-lhe combate. Eu tomo o comando. O Rei Edmund fica à minha direita e o Senhor de Drínian, à minha esquerda. Não há mais preparativos a fazer. A alvorada já não tarda mais que duas horas. Daqui a uma hora sirvam uma refeição e o vinho que resta. E tudo terá de ser feito em silêncio.

— Talvez ele se vá embora — sugeriu Lucy.

— Será pior se for — retorquiu Edmund —, porque então não saberemos onde está. Se há uma vespa na sala, prefiro vê-la.

O resto da noite foi terrível e, quando a refeição foi servida, embora soubessem que tinham de comer, muitos acharam que estavam com falta de apetite. Pareceram decorrer horas intermináveis até a escuridão se dissipar, as aves começarem a chilrear aqui e ali, a terra ficar mais fria e húmida do que estivera durante a noite e Caspian dizer:

— Vamos a isto, amigos.

Levantaram-se, todos com as espadas desembainhadas, e dispuseram-se numa massa compacta, com Lucy no meio e Ripitchip no ombro dela. Aquilo era mais agradável do que a espera e cada um sentiu mais afecto pelos outros do que numa altura normal. Um momento mais tarde estavam a marchar. Ao chegarem à orla do bosque, ficou mais claro. E ali, na areia, como um lagarto gigante, um crocodilo flexível ou uma serpente com pernas, horrendo, enorme e corcovado, estava deitado o dragão.

Porém, quando os viu, em vez de se levantar e de soprar labaredas e fumo, o monstro recuou (quase se poderia dizer que a bambolear-se) para as reentrâncias da baía.

— Por que está ele a abanar a cabeça assim? — perguntou Edmund.

— E agora está a acenar — disse Caspian.

— E há qualquer coisa a sair-lhe dos olhos — notou Drínian.

— Oh, não estão a ver? — exclamou Lucy. — Está a chorar. São lágrimas.

— Eu não confiaria nisso, senhora — disse Drínian. — É o que os crocodilos fazem para nos apanhar desprevenidos.

— Ele abanou a cabeça ao ouvir-nos dizer isso — observou Edmund. — Como se quisesse dizer que não. Olhem, lá está ele outra vez.

— Acham que percebe o que estamos a dizer? — perguntou Lucy.

O dragão fez violentamente que sim com a cabeça.

Ripitchip deixou-se escorregar do ombro de Lucy e avançou para a frente do grupo.

— Dragão — interpelou na sua vozinha aguda —, percebes o que eu digo?

O dragão acenou com a cabeça.

— Sabes falar?

O monstro abanou a cabeça.

— Então é inútil perguntar-te o que estás aqui a fazer. Mas, se queres jurar ser nosso amigo, levanta a pata dianteira esquerda acima da cabeça.

O dragão assim fez, embora com dificuldade, por ter a perna dorida e inchada devido à bracelete de ouro.

— Olhem! — exclamou Lucy. — Tem qualquer problema na perna. Pobrezinho! Provavelmente era por isso que estava a chorar. Talvez tivesse vindo ter connosco para o curarmos como em *Andrócles e o Leão*.

— Tem cuidado, Lucy — advertiu Caspian. — É um dragão muito inteligente, mas pode ser mentiroso.

Contudo, Lucy já tinha avançado a correr, seguida por Ripitchip, que também corria tão depressa quanto as suas perninhas curtas lho permitiam; e depois é claro que os rapazes e Drínian também se aproximaram.

— Mostra-me a tua pobre patinha — pediu Lucy. — Talvez eu consiga curá-la.

O dragão-que-tinha-sido-Eustace estendeu a perna todo satisfeito, recordando-se de como o cordial de Lucy o curara do enjoo antes de se transformar em dragão. Mas ficou desapontado. O líquido mágico reduziu o inchaço e aliviou um pouco a dor, mas não derreteu o ouro.

Agora tinham-se agrupado todos em redor para ver o tratamento.

— Olhem! — exclamou Caspian de súbito, fitando a bracelete.

7

COMO TERMINOU A AVENTURA

— Olhamos para quê? — perguntou Edmund.

— Olhem para o que o ouro tem gravado — respondeu Caspian.

— Um martelinho com um diamante por cima, em forma de estrela — disse Drínian. — Ora esta, eu já vi isso antes.

— É claro que sim! São as armas de uma grande casa de Nárnia — explicou Caspian. — É o Senhor de Octésian.

— Vilão! — exclamou Ripitchip dirigindo-se ao dragão. — Então devoraste um senhor narniano?

Mas o dragão abanou a cabeça com veemência.

— Talvez ele seja o Senhor de Octésian transformado em dragão — sugeriu Lucy.

— Não tem de ser uma coisa nem outra — atalhou Edmund. — Todos os dragões gostam de ouro. Mas julgo que Octésian não deve ter ido mais longe do que esta ilha.

— És o Senhor de Octésian? — perguntou Lucy ao dragão. E depois, ao vê-lo abanar a cabeça tristemente, prosseguiu: — És alguém encantado, um ser humano, quero eu dizer?

O dragão fez vigorosamente que sim com a cabeça.

Depois alguém perguntou (posteriormente as pessoas discutiam se teria sido Lucy ou Edmund o primeiro a pôr a hipótese):

— Não és... Por acaso não serás o Eustace?

E Eustace acenou com a sua terrível cabeça de dragão e bateu com a cauda no mar. Todos deram um salto à retaguarda (alguns dos marinheiros com imprecações que não irei aqui escrever) para evitarem as enormes lágrimas escaldantes que brotavam dos olhos do monstro.

Lucy esforçou-se por consolá-lo e até fez apelo à sua coragem para lhe beijar o focinho coberto de escamas.

— Que triste sorte! — exclamaram quase todos.

Foram vários os que garantiram a Eustace que ficariam junto dele, que de certeza haveria uma maneira de quebrar o encanto e que ele ficaria são como um pêro dentro de um dia ou dois. Estavam todos ansiosos por ouvir a sua história, embora ele não pudesse falar. Por mais de uma vez, nos dias que se seguiram, ele tentou escrevê-la na areia, mas nunca conseguiu. Em primeiro lugar, Eustace (por ter sempre lido os livros errados) não tinha ideia de como contar uma história. Em segundo lugar, os músculos e nervos das garras do dragão não estavam preparados para escrever. Por conseguinte, nunca chegou ao fim antes de a maré subir e apagar tudo o que escrevera. E tudo o que os outros viram foi qualquer coisa como o que se segue (as reticências são para as partes que apagara sem querer com a cauda):

EU FOI DROMIR... NA CAVERNA DOS DRAGÃOS, QUERO DIZER, DRAGÕES, PROQUE TAVA MORTO... ACRODEI E NÃO PODE LIBRETAR O BRASSO... OH BOLAS...

Contudo, tornou-se evidente para todos que o carácter de Eustace tinha melhorado bastante desde que era dragão. Estava ansioso por ajudar. Sobrevoou toda a ilha e descobriu que era montanhosa e habitada apenas por cabritos-monteses e manadas de porcos selvagens, dos quais trouxe muitas carcaças como provisões para o navio. Também matava de uma forma muito humana, pois podia acabar com um animal com um único golpe de cauda, de modo que o bicho nem sabia (e provavelmente continua sem saber) que tinha sido morto. É claro que ele próprio comia um bocadinho, mas sempre sozinho, pois agora, que era dragão, apreciava carne crua, mas não suportava que os outros o vissem tomar essas refeições nojentas. E certo dia, voando devagar e cansado, mas triunfante, levou para o acampamento um grande pinheiro que arrancara pela raiz num vale distante e poderia vir a servir para fazer um mastro. À noite, se o tempo se tornava fresco, como por vezes acontecia depois das grandes chuvadas, era um grande conforto para todos, pois todo o grupo se encostava ao seu corpo quente e assim ficavam protegidos e secos; além disso, um sopro do seu hálito de fogo ateava a mais teimosa das fogueiras. Por vezes levava um pequeno grupo no dorso para uma viagem aérea, permitindo que avistassem as encostas verdejantes, os picos rochosos, os vales estreitos ao longe e, lá muito além no mar, para os lados do Oriente, uma mancha de um azul mais escuro no horizonte azul, que talvez fosse terra.

O prazer (totalmente novo) de sentir que gostavam dele e, principalmente, de gostar de outras pessoas era o que impedia Eustace de se sentir desesperado, pois era muito triste ser dragão. Estremecia sempre que avistava o seu reflexo na água ao sobrevoar um lago de montanha. Odiava as asas enormes, semelhantes às de um morcego, a serra que tinha no dorso e as garras curvas e cruéis. Quase tinha medo de estar sozinho, embora sentisse vergonha quando estava com os outros. Nas noites em que não o utilizavam como botija, afastava-se do acampamento e dormia enrolado como uma serpente entre o bosque e a água. Nessas ocasiões, para sua grande surpresa, Ripitchip era o seu consolo mais constante. O nobre Rato afas-

tava-se do alegre círculo reunido à volta da fogueira do acampamento e sentava-se junto da cabeça do dragão, bem a favor do vento para ficar a salvo da sua respiração fumegante. Então explicava que o que sucedera a Eustace era um exemplo flagrante do girar da Roda da Fortuna e que, se Eustace estivesse na sua casa de Nárnia (na realidade, tratava-se de um buraco, e não de uma casa, e a cabeça do dragão, para já não falar do seu corpo, não caberia lá dentro), poderia mostrar-lhe mais de cem exemplos de imperadores, reis, duques, cavaleiros, poetas, amantes, astrónomos, filósofos e mágicos que haviam passado da prosperidade para as situações mais desesperantes, mas das quais muitos tinham recuperado, vivendo felizes daí em diante. Talvez não fosse grande consolo na altura, mas a intenção era boa e Eustace nunca o esqueceu.

Está claro que o que pairava sobre todos como uma nuvem era o problema do que fazer com o dragão quando estivessem prontos para partir. Tentavam não falar disso quando ele estava por perto, mas o dragão não pôde deixar de ouvir coisas como: «Ele caberá estendido de um lado da coberta? E teríamos de mudar todas as provisões para o outro lado, a fim de contrabalançar o peso», ou «Ele conseguiria acompanhar-nos a voar?», e (na maior parte dos casos) «Mas como vamos alimentá-lo?». E o pobre Eustace cada vez mais se dava conta de que, desde o primeiro dia em que tinha vindo para bordo, só tinha causado problemas e que agora era um incómodo ainda maior. E isso não parava de lhe torturar a consciência, tal como a bracelete lhe torturava o braço. Sabia que ainda era pior tentar arrancá-la com os dentes, mas não conseguia deixar de o fazer de quando em quando, sobretudo nas noites quentes.

Cerca de seis dias depois de terem desembarcado na Ilha do Dragão, certa manhã, Edmund acordou muito cedo. O céu começava a ficar cinzento, de modo que via os troncos das árvores que ficavam entre ele e a baía, mas não as outras. Ao acordar, pensou ouvir qualquer coisa a mover-se, pelo que se apoiou num cotovelo e olhou em redor. Por fim, pareceu-lhe ver uma silhueta escura a deslocar-se no bosque do lado do mar. A ideia que imediatamente lhe ocorreu foi: «Afinal será assim tão certo não haver nativos nesta ilha?» Depois pensou que se tratava de Caspian — era aproximadamente da mesma altura —, embora soubesse que Caspian tinha estado a dormir junto dele e visse que não se tinha mexido. Edmund certificou-se de que tinha a espada à mão e levantou-se para investigar.

Foi de mansinho até à orla do bosque e a silhueta escura ainda lá estava. Viu que era pequeno de mais para ser Caspian, grande de mais para ser Lucy e que não fugia. Edmund desembainhou a espada e estava prestes a desafiar o desconhecido quando este perguntou em voz baixa:

— És tu, Edmund?

— Sou. E tu, quem és?

— Não me reconheces? Sou eu, o Eustace.

— Por Júpiter! — exclamou Edmund — És mesmo. Meu querido amigo...

— Chiu! — disse Eustace, cambaleando como se fosse cair.

— Que se passa? — perguntou Edmund apoiando-o. — Estás doente?

Eustace ficou calado durante tanto tempo que Edmund pensou que estava a desmaiar; mas por fim respondeu:

— Foi terrível. Nem sabes... mas agora está tudo bem. Podemos ir falar para qualquer sítio? Ainda não me apetece encontrar os outros.

— Sim, para onde quiseres — respondeu Edmund. — Podemos ir sentar-nos naquelas rochas. Estou contente por te ver... com um aspecto normal. Deves ter passado um grande mau bocado.

Foram até às rochas e sentaram-se a olhar a baía, enquanto o céu ia ficando mais pálido e as estrelas desapareciam, excepto uma muito brilhante, muito baixa, próximo do horizonte.

— Não te vou contar como me transformei em... dragão, até conseguir contar aos outros e arrumar o assunto. A propósito, nem sabia que era um dragão até vos ouvir usar a palavra quando cheguei aqui no outro dia. Agora quero dizer-te como deixei de o ser.

— Desembucha — incitou-o Edmund.

— Bem, a noite passada sentia-me mais infeliz do que nunca. E aquela maldita bracelete magoava-me como tudo.

— E agora, já passou?

Eustace riu, soltou uma gargalhada... uma gargalhada bem diferente das que Edmund o ouvia dar antigamente e tirou a bracelete do braço com toda a facilidade.

— Aqui está. E, pela parte que me toca, quem quiser pode ficar com ele. Bom, como ia dizendo, estava deitado, sem conseguir dormir, a perguntar-me qual iria ser a minha triste sorte. E então... Repara, pode ter sido tudo um sonho, não sei...

— Continua — pediu Edmund, com considerável paciência.

— Bem, seja como for, ergui os olhos e vi a última coisa que esperava: um enorme leão a aproximar-se de mim lentamente. E uma coisa estranha é que não havia luar a noite passada, mas havia luar no sítio onde o leão se encontrava. Então, foi-se aproximando cada vez mais. Eu estava terrivelmente assustado. Podes pensar que, por ser um dragão, podia ter enfrentado qualquer leão com toda a facilidade. Mas não era essa espécie de medo que sentia. Não tinha medo de que ele me comesse, tinha só medo *dele*, não sei se estás a perceber. Bom, chegou junto de mim e olhou-

-me bem de frente, nos olhos. E eu fechei os meus com toda a força, mas de nada serviu, pois ele disse-me para o seguir.

— Queres dizer que ele falou?

— Não sei. Agora que dizes isso, acho que não. Mas, de qualquer maneira, disse-me isso. E eu percebi que tinha de fazer o que ele me dizia, pelo que me levantei e o segui. Fizemos uma grande caminhada pelas montanhas. E havia sempre esse luar por cima e à volta do leão para onde quer que ele fosse. Por fim, chegámos ao cimo de uma montanha que eu nunca vira e lá no alto havia um jardim, com árvores, frutos e isso tudo. No meio, havia um poço. Sei que era um poço porque se via a água a brotar do fundo: mas era muito maior do que a maioria dos poços, como uma enorme banheira redonda com degraus de mármore, para entrar. A água era límpida como tudo e pensei que, se pudesse lá mergulhar e tomar banho, isso aliviaria a dor no meu braço. Mas o leão disse-me que primeiro tinha de me despir. Repara, não sei se ele disse algumas palavras em voz alta ou não. Ia dizer-lhe que não me podia despir porque não tinha roupa, quando de súbito pensei que os dragões são uma espécie de cobras e que as cobras largam a pele. Por isso, comecei a esfregar-me e as escamas começaram a sair por todo o lado. Depois esfreguei um pouco mais fundo e, em vez de escamas a sair aqui e ali, toda a minha pele começou a cair que era uma beleza, como se eu fosse uma banana. Daí a um minuto ou dois pude sair de dentro dela. Vi-a ali caída ao meu lado com um aspecto bastante desagradável e foi uma sensação maravilhosa. Por isso comecei a entrar no poço para tomar banho. Mas, quando ia meter os pés na água, olhei para baixo e vi que eles estavam tão duros, rugosos, cheios de vincos e de escamas como antes. «Oh, não há problema», pensei, «isto só significa que tinha um fato mais pequeno por baixo do primeiro e que também vou ter de o tirar.» Por isso voltei a esfregar e a segunda pele também caiu muito bem; saí dela, deixei-a cair no meu lado, como a primeira, e entrei no poço para tomar banho. Bem, aconteceu de novo exactamente a mesma coisa. E pensei para comigo: «Oh meu, Deus, quantas peles terei ainda de tirar?» Estava desejoso de molhar o braço. Por isso esfreguei-me pela terceira vez, tirei uma terceira pele, igualzinha às outras duas, e saí dela. Mas, mal olhei para o meu reflexo na água, vi que de nada servira. Então o leão disse (embora eu não saiba se falou): «Tens de deixar que seja eu a despir-te.» Garanto-te que estava com medo das suas garras, mas também estava desesperado. Por isso deitei-me de costas e deixei-o actuar. O primeiro golpe que me deu foi tão fundo que pensei que me chegara ao coração. E, quando começou a puxar a pele, senti a maior dor que já tive na vida. A única coisa que me ajudou a suportar aquilo foi o prazer de sentir a pele a sair. Se já alguma vez arrancaste a crosta de uma ferida, sabes como é. Dói que se farta, mas é tão bom vê-la sair!

— Estou a ver exactamente o que queres dizer — respondeu Edmund.

— Bem, tirou-me aquela coisa horrorosa, como eu pensara ter feito das outras três vezes, só que não doera, e para ali estava, deitada na erva. Mas aquela pele era muito mais grossa, escura e nodosa do que as outras. Fiquei tão liso e macio com uma vara descascada e muito mais pequeno do que antes. Então ele pegou em mim (não gostei muito porque agora, que não tinha pele, estava muito sensível) e atirou-me para a água. Ardeu-me que se fartou, mas só durante um instante. Depois tornou-se delicioso e, mal comecei a nadar e a mexer-me na água, descobri que já não sentia nenhuma dor no braço. Foi então que percebi porquê. Era outra vez um rapaz. Nem acreditavas se eu te dissesse como sentia os meus braços. Sei que não têm músculos e que são moles, comparados com os do Caspian, mas estava tão contente por os ver! Pouco depois o leão tirou-me para fora da água e vestiu-me...

— Vestiu-te?! Com as patas?!

— Bom, não me recordo muito bem dessa parte. Mas, de uma maneira ou de outra, fê-lo: pôs-me roupa nova, a que tenho agora. E depois, de repente, estava de volta aqui, o que me faz pensar que deve ter sido um sonho.

— Não, não foi um sonho — disse Edmund.

— Porquê?

— Bem, por um lado há a roupa. E, por outro, já não és dragão.

— Então que pensas que possa ter acontecido?

— Penso que viste Aslan.

— Aslan! — exclamou Eustace. — Já ouvi esse nome várias vezes desde que chegámos ao *Caminheiro da Alvorada*. E sentia... não te sei dizer... odiava-o. Mas nessa altura odiava tudo. A propósito, quero pedir desculpa. Acho que fui detestável.

— Não há problema — respondeu Edmund. — Aqui para nós, não foste tão mau como eu durante a minha primeira viagem a Nárnia. Só foste palerma, mas eu fui um traidor.

— Bem, então não me fales disso. Mas, diz-me, quem é Aslan? Conhece-lo?

— Bem... Ele conhece-me — respondeu Edmund. — É o grande Leão, o filho do Imperador de Além-Mar, que me salvou e também salvou Nárnia. Já todos o vimos. A Lucy é quem o vê com mais frequência. E talvez seja para o país de Aslan que vamos a navegar.

Não disseram mais nada durante algum tempo. A última estrela desaparecera e, embora não pudessem ver o nascer do Sol devido às montanhas à sua direita, sabiam que estava a subir no horizonte, pois o céu por cima deles e a baía à sua frente se estavam a tingir de rosa. Depois, uma qualquer ave soltou um grito no bosque atrás deles, ouviram movimentos entre as árvores e, finalmente, o som da trompa de Caspian. O acampamento começava a agitar-se.

Foi grande o regozijo quando Edmund e Eustace, restituído à sua forma primitiva, se aproximaram do círculo que tomava o pequeno-almoço à volta da fogueira do acampamento. E é claro que todos ouviram a primeira parte da história. Houve quem se perguntasse se o outro dragão não teria morto o Senhor Octésian vários anos antes ou se o próprio Octésian não seria o velho dragão. As jóias com que Eustace atafulhara os bolsos na caverna tinham desaparecido, bem como as roupas que usara: mas ninguém, e Eustace ainda menos do que os outros, sentia o menor desejo de voltar ao vale em busca de tesouros.

Dentro de poucos dias, o *Caminheiro da Alvorada*, com um mastro novo, pintado de fresco e bem abastecido, estava pronto a zarpar. Antes de embarcarem, Caspian gravou num rochedo liso em frente da baía as seguintes palavras:

ILHA DO DRAGÃO
DESCOBERTA POR CASPIAN X,
REI DE NÁRNIA, ETC.,
NO QUARTO ANO DO SEU REINADO.
AQUI, AO QUE SUPOMOS,
O SENHOR DE OCTÉSIAN
ENCONTROU A MORTE

Seria justo, e muito próximo da verdade, dizer que «a partir dessa altura Eustace se tornou um rapaz diferente». Para ser mais exacto, ele começou a ser um rapaz diferente. Por vezes, tinha recaídas. Ainda havia dias em que conseguia ser muito maçador. Mas não me vou referir a isso, pois a cura tinha começado.

A bracelete do Senhor de Octésian teve um destino curioso. Eustace não a quis e ofereceu-a a Caspian, que, por sua vez, a ofereceu a Lucy. Esta não se mostrou interessada nela.

— Então, muito bem, será de quem a apanhar — decidiu Caspian, atirando-o ao ar. Isto passou-se quando estavam todos a olhar para a inscrição. A bracelete subiu, a cintilar à luz do sol, e ficou pendurada como uma argola atirada com pontaria a um poste, numa pequena saliência da rocha, onde ninguém podia subir. E, tanto quanto sei, ainda aí deve estar e aí deverá ficar enquanto o mundo for mundo.

8

DUAS VEZES POR UM TRIZ

Todos se sentiam muito animados quando o *Caminheiro da Alvorada* zarpou da Ilha do Dragão. Mal saíram da baía, tiveram vento de feição e chegaram no dia seguinte, ainda cedo, à terra desconhecida que alguns deles tinham avistado quando sobrevoavam as montanhas enquanto Eustace ainda era um dragão. Tratava-se de uma ilha verdejante, habitada por coelhos e cabras; mas, devido às ruínas de casebres de pedra e aos lugares enegrecidos onde tinham ardido fogueiras, imaginaram que teria sido povoada não havia muito tempo. Também encontraram alguns ossos e armas quebradas.

— Isto é obra de piratas — disse Caspian.

— Ou do dragão — sugeriu Edmund.

A única outra coisa que encontraram foi uma pequena canoa na areia, feita de pele esticada sobre uma estrutura de vime. Era minúscula, com pouco mais de um metro de comprimento, e o remo que ainda se encontrava dentro dela era proporcional ao seu tamanho. Pensaram que fora feita para uma criança ou que os habitantes desse país tinham sido anões. Ripitchip decidiu guardá-la, pois era de bom tamanho para ele, pelo que a levaram para bordo. Chamaram a essa terra Ilha Queimada e partiram antes do meio-dia.

Durante cinco dias vogaram impelidos pelo vento, sem avistarem terra nem verem peixes ou gaivotas. Depois tiveram um dia de chuva forte até à tarde. Eustace perdeu dois jogos de xadrez com Ripitchip e começou a ficar desagradável como antes e Edmund disse que gostaria que tivessem ido para a América com Susan. Depois Lucy olhou pela janela da popa e exclamou:

— Olhem! Acho que a chuva está a parar. E o que é *aquilo?*

Precipitaram-se todos para o tombadilho e viram que a chuva parara e que Drínian, que estava de quarto, também olhava com toda a atenção para qualquer coisa à popa. Ou antes, para várias coisas que se assemelhavam a pequenas rochas redondas e lisas, uma fila delas separadas por intervalos de cerca de dez metros.

— Não podem ser rochas — disse Drínian —, pois há cinco minutos não estavam ali.

— E uma acabou de desaparecer — reparou Lucy.

— Sim, e há outra que apareceu agora mesmo — adiantou Edmund.

— E mais perto — observou Eustace.

— Diabo! — exclamou Caspian. — Está tudo a aproximar-se de nós.

— E a andar muito mais depressa do que o barco, Majestade — disse Drínian. — Vão apanhar-nos daqui a um minuto.

Ficaram todos de respiração suspensa, pois não é agradável ser-se perseguido por uma coisa desconhecida, nem em terra nem no mar. Mas acabou por se tratar de qualquer coisa muito pior do que haviam suspeitado. De súbito, muito perto, a bombordo, ergueu-se do mar uma cabeça horrenda. Era verde e vermelha, com manchas púrpura — excepto onde tinha crustáceos agarrados — e com uma forma semelhante à de um cavalo, embora sem orelhas. Tinha olhos enormes, capazes de verem nas profundezas escuras do oceano, e uma boca escancarada, cheia de filas duplas de dentes afiados como os de um tubarão. Depois surgiu o que primeiro lhes pareceu um pescoço enorme; todavia, à medida que ia emergindo, todos perceberam que não era um pescoço, mas antes o corpo dum animal e que estavam a ver o que tantas pessoas insensatas têm querido ver — a grande Serpente Marinha. As curvas da sua cauda gigantesca avistavam-se muito ao longe, erguendo-se de quando em quando acima da superfície. E agora a cabeça agigantava-se sobre o mastro.

Todos os homens se precipitaram em busca das armas, mas não havia nada a fazer, pois o monstro estava fora do seu alcance.

— Disparem! Disparem! — gritou o Frecheiro-Mor.

Foram vários os que obedeceram, mas as setas ressaltavam da pele da serpente, como se esta tivesse uma couraça de aço. Depois, durante um minuto terrível, todos permaneceram imóveis, fitando os olhos e a boca do monstro e perguntando-se se iria atacar.

Não atacou. Lançou a cabeça para a frente, sobre o navio, à altura da verga do mastro. Agora a cabeça estava mesmo ao lado do cesto da gávea. Continuou a estender-se até ficar por cima da amurada de estibordo. Depois começou a descer — não para a coberta cheia de gente, mas para a água, de modo que toda a embarcação ficou sob um arco feito com o corpo da serpente. E quase imediatamente esse arco começou a tornar-semais pequeno. A estibordo, a Serpente Marinha quase tocava o flanco do *Caminheiro da Alvorada.*

Eustace (que andara verdadeiramenrte a esforçar-se por se portar bem, até a chuva e o xadrez o fazerem reincidir) fez a primeira coisa corajosa da sua vida. Tinha uma espada que Caspian lhe havia emprestado. Mal o corpo da serpente ficou suficientemente próximo, saltou sobre a amurada e começou a golpeá-la com quanta força tinha. Verdade seja dita que tudo o que conseguiu foi partir aos bocados a segunda melhor espada de Caspian, mas foi um bonito gesto para um principiante.

Outros teriam ido em seu auxílio se nesse momento Ripitchip não tivesse gritado:

— Não lutem! Empurrem-na!

Era tão invulgar o Rato aconselhar alguém a não lutar que, mesmo nesse momento terrível, todos os olhares se voltaram para ele. E, quando saltou para cima da amurada para a frente da serpente, encostando o seu dorsozinho felpudo ao enorme dorso escorregadio e coberto de escamas e começou a empurrar com toda a força, várias pessoas perceberam qual era a sua intenção e precipitaram-se para ambos os lados da embarcação para fazerem o mesmo. Um momento mais tarde, quando a cabeça da Serpente Marinha reapareceu, desta vez a bombordo e com as costas viradas para eles, todos compreenderam.

O monstro fizera um nó com o próprio corpo à volta do *Caminheiro da Alvorada* e começara a apertá-lo. Quando ficasse bem apertado, zás!, haveria lascas de madeira em vez de barco e a serpente poderia apanhá-los na água um por um. A única hipótese que tinham era empurrar o nó, de modo a fazê-lo deslizar sobre a parte de trás do navio; ou então (o que viria a dar no mesmo), empurrar o barco para a frente de modo a libertá-lo.

É claro que Ripitchip sozinho não teria hipóteses de fazer isto (seria como levantar uma catedral), mas estava quase morto de tanto se esforçar quando os outros o empurraram para o lado. Dentro em breve, todos, excepto Lucy e o Rato (que estava a desmaiar), formavam duas longas filas ao longo das duas amuradas, cada homem com o peito encostado às costas do homem à sua frente, de modo que o peso de toda a fila assentava no último. Empurravam com quantas forças tinham. Durante uns segundos angustiantes (que lhes pareceram horas) nada aconteceu. As articulações estalavam, o suor escorria, as respirações eram ofegantes. Depois sentiram que o barco se estava a mover. Viram que o nó formado pelo corpo da serpente estava mais afastado do mastro. Mas também viram que era mais pequeno. E agora o perigo era iminente. Conseguiriam fazê-lo passar sobre a popa ou já estaria demasiado apertado? Sim, ainda cabia, embora à justa. Estava apoiado na amurada à ré. Uma dúzia ou mais de homens saltaram para a parte traseira do navio. Assim era muito melhor. Agora, o corpo da serpente estava tão baixo que eles podiam dispor-se em linha e empurrar lado a lado. A esperança aumentou até todos se lembrarem da cauda do dragão, que se erguia bem alta à popa do *Caminheiro da Alvorada*. Seria quase impossível fazer o monstro passar sobre ela.

— Um machado! — bradou Caspian com voz rouca. — E continuem a empurrar.

Lucy, que se encontrava na coberta a olhar para a popa e que sabia onde estava tudo, ouviu-o. Daí a segundos já tinha descido ao fundo do barco, apanhado o machado e corria escada acima até ao tombadilho. Porém, ao chegar ao cimo das escadas, ouviu um ruído forte de madeira a estalar, como uma árvore que é abatida, e o barco baloiçou e precipitou-se para a frente. Nesse preciso momento, por a serpente estar a ser empurrada com muita força ou por ter decidido apertar mais o seu nó, toda a parte esculpida da proa foi arrancada e o barco ficou liberto.

Os outros estavam demasiado exaustos para verem o que Lucy viu. Uns metros atrás deles, o nó formado pelo corpo da serpente tornou-se rapidamente mais pequeno e desapareceu com um espadanar de água. Lucy sempre disse (mas é claro que estava muito enervada nesse momento, pelo que pode ter sido apenas imaginação) que viu um ar de satisfação idiota no focinho do monstro. O que é certo é que se tratava de um animal estúpido, pois, em vez de perseguir o barco, virou a cabeça e começou a farejar o seu próprio corpo como se esperasse encontrar aí os despojos do *Caminheiro da Alvorada*. Mas a embarcação já se encontrava bem longe, impelida por um brisa fresca, e os homens estavam sentados ou deitados por toda a coberta, arquejantes e a gemer, até conseguirem falar de novo e seguidamente rirem do sucedido. E depois de lhes terem servido rum ainda riram com mais vontade; e todos louvaram a coragem de Eustace (embora esta tivesse sido inútil) e de Ripitchip.

Depois disto, navegaram durante mais três dias, nada vendo senão mar e céu. No quarto dia, o vento rondou a norte e o mar começou a encapelar-se; à tarde, as rajadas já eram quase de temporal. Mas, ao mesmo tempo, avistaram terra a bombordo.

— Majestade — sugeriu Drínian —, talvez fosse melhor tentarmos abrigar-nos a sotavento daquela terra e fundear até que o vento amaine.

Caspian concordou, embora remando contra o temporal só conseguissem chegar a terra ao anoitecer. Ainda com a derradeira luz do dia, rumaram até um porto natural, onde lançaram âncora, mas nessa noite ninguém foi a terra. De manhã descobriram que se encontravam na baía de uma região acidentada e de aspecto isolado, que se erguia num declive até um cume rochoso. As nuvens iam-se acastelando rapidamente, impelidas pelo vento norte que soprava desse cume. Deitaram um escaler à água e carregaram-no com todos os barris de água que se encontravam vazios.

— Em que riacho nos iremos abastecer, Drínian? — perguntou Caspian ao sentar-se no bote. — Parece-me haver dois que descem até à baía.

— Isso não nos deixa grande escolha, Majestade — retorquiu Drínian. — Mas julgo que o que fica a estibordo, a leste, está mais próximo.

— Cá temos a nossa chuva — disse Lucy.

— E de que maneira! — exclamou Edmund, pois já chovia a cântaros. — Vamos antes ao outro riacho. Há árvores e podemos abrigar-nos.

— Sim, é melhor — concordou Eustace. — Não vale a pena ficarmos mais encharcados do que o necessário.

Durante todo o tempo, Drínian não parara de rumar a estibordo, como aquelas pessoas maçadoras que continuam a guiar um carro a 90 quilómetros à hora enquanto se lhes explica que estão a seguir pela estrada errada.

— Eles têm razão, Drínian — disse Caspian. — Por que não viras o bote e segues para o riacho a oeste?

— Seja como Vossa Majestade deseja — retorquiu Drínian com uma certa brusquidão.

Na véspera passara o dia cheio de ansiedade devido ao mau tempo e não gostava de conselhos de quem não fosse um homem do mar. No entanto, alterou a rota, o que mais tarde veio a revelar-se uma boa decisão.

Quando acabaram de encher os barris, já a chuva tinha parado e Caspian, Eustace, os Pevensies e Ripitchip decidiram ir até ao cume do monte para ver o que havia em redor. Foi uma escalada difícil e não viram homens nem animais, a não ser gaivotas. Quando chegaram ao cimo, descobriram que se encontravam numa ilha muito pequena que não teria mais de 5 000 metros quadrados; dessa elevação, o mar parecia maior e mais desolado do que visto da coberta, ou mesmo do cesto da gávea, do *Caminheiro da Alvorada*.

— Isto é uma loucura — disse Eustace a Lucy em voz baixa, olhando para o horizonte a leste. — Navegar sem parar numa casca de noz como esta, sem sabermos aonde iremos parar. — Porém, só disse isto por hábito, e já não azedamente, como em tempos teria feito.

Estava frio de mais para ficarem muito tempo no cimo do monte, pois a nortada continuava a soprar.

— Embora voltar por outro caminho — sugeriu Lucy quando se preparavam para partir, — Vamos continuar mais um bocadinho e descemos junto do outro riacho, aquele para onde o Drínian queria que fôssemos.

Todos concordaram e, decorridos cerca de quinze minutos, encontravam-se junto da nascente do segundo rio. Era um lugar mais interessante do que esperavam: um lagozinho de montanha, profundo, rodeado de penhascos, com um estreito canal do lado do mar por onde a água corria. Aí, pelo menos, estavam ao abrigo do vento e todos se sentaram na urze que cobria o rochedo, para descansarem.

Todos permaneceram sentados, mas um (que foi Edmund) voltou a pôr-se de pé de um salto, muito depressa.

— Nesta ilha há pedras aguçadas! — exclamou, às apalpadelas na urze. — Onde está este raio de coisa? Ah, já a apanhei! Ora esta! Não é uma pedra, é a lâmina de uma espada. Não, por Júpiter, é uma espada inteira, ou o que resta dela depois de ter sido comida pela ferrugem. Deve estar aqui há séculos.

— E, ao que parece, é narniana — observou Caspian, quando todos se reuniram à sua volta para ver.

— Eu também estou sentada em cima de qualquer coisa — disse Lucy. — Qualquer coisa dura.

Verificaram que se tratava dos restos de uma cota de malha. Desta vez todos se puseram de gatas, tacteando a urze cerrada em todas as direcções. Encontraram um elmo, uma adaga e algumas moedas, não crescentes calormenitas, mas «leões» e «árvores» narnianos genuínos, como se podem ver num dia qualquer no mercado do Dique dos Castores ou de Beruna.

— Isto parece ser o que resta de um dos nossos sete Senhores — observou Edmund.

— Precisamente o que eu estava a pensar — afirmou Caspian. — Pergunto-me de quem seriam. A adaga não tem qualquer inscrição. Como terá ele morrido?

— E como vamos vingá-lo? — acrescentou Ripitchip.

Edmund, o único do grupo que lera vários livros policiais, estivera entretanto a pensar e disse:

— Oiçam lá, acho que aqui há gato. Ele não pode ter sido morto em combate.

— Porquê? — perguntou Caspian.

— Não há ossos — respondeu Edmund. — Um inimigo pode ficar com a armadura e deixar o corpo. Mas quem já ouviu falar de um fulano que, depois de vencer uma batalha, levasse o corpo e deixasse a armadura?

— Talvez tivesse sido morto por um animal selvagem — sugeriu Lucy.

— Tinha de ser um animal muito inteligente para tirar a cota de malha a um homem — retorquiu Edmund.

— Talvez um dragão — aventou Caspian.

— Nada disso — contrariou Eustace. — Um dragão não podia fazer semelhante coisa. Eu sei.

— Bem, seja como for, vamos embora daqui — disse Lucy, que não estava com vontade de voltar a sentar-se desde que Edmund falara em ossos.

— Como queiras — acedeu Caspian, pondo-se de pé. — Não penso que valha a pena levar nada disto.

Desceram o monte, contornando-o até à pequena abertura onde o riacho saía do lago, e ficaram a olhar para a água profunda circundada pelos rochedos. Se o dia estivesse quente, sem dúvida alguns se teriam sentido tentados a tomar banho e todos teriam bebido água. Mas, apesar do tempo que fazia, estava Eustace a inclinar-se para recolher alguma água nas mãos quando Ripitchip e Lucy gritaram ao mesmo tempo:

— Olhem!

Eustace obedeceu, esquecendo-se da água que ia beber.

O fundo do lago era feito de grandes pedras de um azul-acinzentado e a água estava perfeitamente límpida; lá no fundo via-se a figura de um homem, de tamanho natural, que parecia feito de ouro. Estava deitado de bruços, com os braços estendidos. Enquanto olhavam, o sol rompeu por entre as nuvens, iluminando toda a figura dourada. Lucy pensou que era a estátua mais bela que já vira.

— Valeu a pena virmos até aqui só para ver isto! — exclamou Caspian baixinho. — Poderemos tirá-la cá para fora?

— Podemos mergulhar para o fazer, Majestade — ofereceu-se Ripitchip.

— É inútil — concluiu Edmund. — Se for ouro, ouro maciço, será demasiado pesada. E o lago deve ter quatro ou cinco metros de profundidade. Mas esperem lá. Tenho aqui uma lança. Vamos ver exactamente qual é a profundidade. Dá-me a mão, Caspian, enquanto eu me inclino um bocado para a água.

Caspian deu-lhe a mão e Edmund, inclinando-se para a frente, começou a meter a lança na água. Ainda não ia a meio quando Lucy disse:

— Não acredito que essa estátua seja de ouro. É a luz que a faz parecer assim. A tua lança está precisamente da mesma cor.

— Que se passa? — perguntaram várias vozes em uníssono, pois Edmund, de repente, largara a lança.

— Não consegui segurá-la — respondeu Edmund numa voz ofegante. — De repente ficou tão pesada…

— Agora está no fundo — disse Caspian — e a Lucy tem razão. Está exactamente da mesma cor que a estátua.

Mas Edmund, que parecia estar a ter qualquer problema com as botas (pelo menos estava curvado a olhar para elas), endireitou-se de repente e gritou numa voz sonora, à qual teria sido difícil desobedecer:

— Para trás! Afastem-se todos da água! Já!

Todos obedeceram e ficaram a olhar para ele.

— Olhem para a ponta das minhas botas — disse Edmund.

— Estão um bocado amarelas… — começou Eustace a dizer.

— Transformaram-se em ouro, ouro maciço — interrompeu Edmund. — Olhem para elas. Toquem-lhes. O couro já desapareceu. E estão pesadas como chumbo.

— Por Aslan! — exclamou Caspian. — Não queres dizer…

— Quero, sim — respondeu Edmund. — A água transforma as coisas em ouro. A lança ficou muito pesada porque se transformou em ouro. Onde me tocou nos pés (ainda bem que não estava descalço) transformou em ouro as pontas das minhas botas. E esse pobre sujeito que está no fundo… bom, já estão a perceber.

— Então não é uma estátua — disse Lucy em voz baixa.

— Não. Agora está tudo explicado. Veio até aqui num dia quente. Despiu-se no cimo do rochedo. As roupas apodreceram, ou foram levadas pelos pássaros para fazer os ninhos; a armadura ainda está aqui. Então ele mergulhou e…

— Não pode ser! — exclamou Lucy. — Que coisa horrível.

— Escapámos de boa! — comentou Edmund.

— Foi por um triz — disse Ripitchip. — O dedo de alguém, o pé de alguém, os bigodes de alguém ou a cauda de alguém podiam ter tocado na água a qualquer momento.

— Mesmo assim, podemos verificar — sugeriu Caspian.

Inclinou-se e arrancou um ramo de urze. Depois, com toda a cautela, ajoelhou-se ao lado do lago e mergulhou-o. Era urze quando entrou na água; mas o que saiu era uma imitação perfeita de urze, feita do mais puro ouro, pesado e maciço como chumbo.

— O rei que possuísse esta ilha — disse Caspian, corando enquanto falava — seria em pouco tempo o rei mais rico do mundo. Determino que esta ilha fique a pertencer a Nárnia para todo o sempre. Passará a ser chamada Ilha da Água Dourada. E todos vós tereis de guardar segredo, pois mandarei matar quem o não fizer. Ninguém pode saber disto. Nem o Drínian, estão a ou vir?

— Com quem julgas que estás a falar? — perguntou Edmund. — Não sou teu súbdito. Quando muito, é o contrário que se passa. Sou um dos quatro antigos soberanos de Nárnia e tu és súbdito do Supremo Rei, o meu irmão.

— Com que então é assim, Rei Edmund? — ameaçou Caspian, levando a mão ao punho da espada.

— Oh, parem já com isso os dois! — exclamou Lucy. — É o que dá fazer qualquer coisa com rapazes. Estão sempre com fanfarronadas, a ameaçar-se como idiotas... Oh!... — O sobressalto fê-la perder a voz. E todos viram o que ela tinha visto.

Atravessando a encosta da colina cinzenta por cima deles — cinzenta, pois a urze ainda não estava em flor —, sem ruído e sem os olhar, cintilante como se estivesse banhado por um sol radioso, embora na realidade o Sol tivesse desaparecido, com passadas lentas, caminhava o maior leão que olhos humanos já tinham visto. Ao descrever a cena mais tarde, Lucy dizia! «Era do tamanho de um elefante», embora outras vezes dissesse: «Era do tamanho de uma carroça.» Mas não era o tamanho que importava. Ninguém se atreveu a perguntar o que era. Todos sabiam que se tratava de Aslan.

E ninguém viu como nem para onde seguia. Olharam uns para os outros como pessoas que acabam de acordar.

— De que estávamos nós a falar? — perguntou Caspian. — Estive a fazer figura de parvo?

— Majestade. Este lugar é amaldiçoado — disse Ripitchip. — Vamos voltar imediatamente para bordo, E, se eu pudesse ter a honra de dar um nome à ilha, chamar-lhe-ia antes Águas da Morte.

— Acho que é um bom nome, Rip — comentou Caspian —, embora, pensando melhor, não saiba porquê. Mas o tempo parece estar a melhorar e julgo que o Drínian deve esta ansioso por partir. Vamos ter muito que lhe contar.

Contudo, na realidade, não tiveram muito que lhe contar, pois a recordação das últimas horas tornara-se extremamente confusa.

— Suas Majestades pareciam enfeitiçadas quando chegaram a bordo — comentou Drínian dirigindo-se a Rhince algumas horas mais tarde, quando o *Caminheiro da Alvorada* velejava de novo e a Ilha das Águas da Morte já desaparecera do horizonte. — Aconteceu-lhes qualquer coisa naquele lugar. Tudo o que percebi foi que julgam ter encontrado o corpo de um desses Senhores de quem andamos à procura.

— Então já são três — foi a resposta de Rhince. — Só faltam mais quatro. Por este andar, estaremos de regresso pouco depois do Ano Novo, o que é uma boa coisa. O meu tabaco começa a escassear. Boa noite, Capitão.

9

A ILHA DAS VOZES

Foi então que os ventos, que há tanto tempo sopravam de noroeste, começaram a soprar de oeste; e todas as manhãs, quando o Sol nascia, a proa curva do *Caminheiro da Alvorada* erguia-se na vertical, cortando o Sol ao meio. Havia quem achasse que o Sol parecia maior do que em Nárnia, mas outros discordavam. E navegavam sem parar, impelidos por uma brisa suave e constante, sem verem peixes, gaivotas, barcos ou terra. As provisões começaram a escassear e todos tinham a sensação de que talvez navegassem num mar que nunca mais acabava. Porém, ao alvorecer do último dia em que pensavam poder arriscar-se a prosseguir a viagem para leste, avistaram à sua frente uma terra baixa, alongando-se como uma nuvem.

Pelo meio da tarde lançaram âncora numa vasta baía e desembarcaram. Era uma região muito diferente de todas as que tinham visto, porque, depois de atravessarem a praia, encontraram tudo vazio e silencioso, como se se tratasse de uma terra desabitada, embora à sua frente se estendessem prados planos, com erva tão macia e curta como a que se vê nos relvados de uma mansão inglesa onde há dez jardineiros a trabalhar. As árvores, abundantes, estavam todas a intervalos certos umas das outras e não havia ramos partidos nem folhas caídas espalhados no chão. Por vezes ouviam--se pombos a arrulhar, mas não havia qualquer outro ruído.

Por fim, chegaram a um caminho longo, direito e arenoso, ladeado de árvores. Muito ao longe, no outro extremo da alameda, avistaram uma casa, grande, cinzenta e de aspecto calmo, banhada pelo sol da tarde.

Mal entraram no carreiro, Lucy reparou que tinha uma pedrinha no sapato. Nesse lugar desconhecido teria sido mais sensato pedir aos outros que esperassem por ela enquanto a tirava. Mas não o fez, limitando-se a ficar para trás e a sentar-se para se descalçar, pois o atacador tinha um nó.

Ainda não o tinha desfeito e já os outros iam muito mais à frente. Depois de ter tirado a pedra e quando estava a calçar de novo o sapato, já não os ouvia. Mas quase imediatamente ouviu outra coisa qualquer, que não vinha da direcção da casa.

O que ouviu foram estrondos, como se dezenas de homens fortes estivessem a bater no solo com quantas forças tinham com grandes malhos de madeira. E o ruído aproximava-se rapidamente. Já estava sentada com as costas encostadas a uma árvore e, como não era uma árvore a que pudesse trepar, não havia nada a fazer senão ficar imóvel, bem encostada ao tronco, e esperar que não a vissem.

Pam, pam, pam... Fosse o que fosse, devia estar agora muito próximo, pois sentia o chão tremer. Mas não via nada. Pensou que a coisa — ou as coisas — deviam estar mesmo atrás dela. Foi então que ouviu barulho vindo do caminho logo à sua frente. Apercebeu-se de que era no caminho não só pelo som, mas porque viu a areia espalhar-se como se lhe tivessem batido com toda a força, embora não visse nada que lhe pudesse ter batido. Depois, todos os ruídos soaram em uníssono a cerca de seis metros de distância e cessaram de súbito. Foi então que ouviu a voz.

Aquilo era atemorizador, pois continuava a não ver ninguém. Todo aquele país semelhante a um parque continuava tão calmo e vazio como quando tinham desembarcado. No entanto, a pouca distância dela, uma voz falava. E eis o que dizia:

— Companheiros, é agora ou nunca.

No mesmo instante, um coro de outras vozes replicou:

— Oiçam-no. Oiçam-no. «É agora ou nunca», disse ele. Muito bem, Chefe. Nunca disseste nada mais acertado.

— O que eu digo — prosseguiu a primeira voz — é que vamos até à praia, pra ficarmos entre eles e o barco. Apanhamo-los quando se tentarem fazer ao mar.

— Isso, isso é mesmo assim! — gritaram as outras vozes. — Nunca fizeste um plano melhor, Chefe. Para a frente com ele, Chefe. Não há plano melhor do que esse.

— Então, companheiros, ânimo! — disse a primeira voz — Vamos a isto!

— Muito bem Chefe — retorquiram os outros. — Não há ordem melhor. Era mesmo o que a gente ia dizer. Vamos a isto!

Imediatamente o ruído começou a ouvir-se de novo — a princípio muito forte, mas depois cada vez mais débil, até se perder na direcção do mar.

Lucy percebeu que não havia tempo para ficar sentada a tentar decifrar quem seriam aquelas criaturas invisíveis. Mal o ruído esmoreceu, levantou-se e correu pelo caminho ao encontro dos companheiros, tão depressa quanto as pernas lho permitiam. Tinha de os avisar a todo o custo.

Enquanto isto acontecia, eles tinham chegado à casa. Era um edifício baixo — com apenas dois andares —, feito de uma bela pedra macia, com muitas janelas e parcialmente coberto de hera. Tudo era tão sossegado que Eustace disse:

— Acho que está vazia.

Mas Caspian apontou silenciosamente para a coluna de fumo que se erguia da chaminé.

Encontraram um grande portão aberto e transpuseram-no, entrando num pátio pavimentado. Foi aí que tiveram o primeiro indício de que havia qualquer coisa estranha na ilha. No meio do pátio encontrava-se uma bomba e, por baixo dela, um balde. Não havia nada de estranho nisso. Mas a alavanca da bomba estava a mexer-se para cima e para baixo, embora não se visse ninguém a accioná-la.

— Há aqui artes mágicas — disse Caspian.

— Máquinas! — exclamou Eustace. — Finalmente chegámos a um país civilizado!

Nesse momento Lucy, muito corada e ofegante, apareceu no pátio a correr atrás deles. Em voz baixa tentou explicar-lhes o que ouvira. E, quando eles compreenderam, nem sequer o mais corajoso ficou com um ar muito feliz.

— Inimigos invisíveis — resmungou Caspian. — E a cortarem-nos o acesso ao barco. É uma bota difícil de descalçar.

— Não fazes ideia de que espécie de criaturas se trata, Lu? — perguntou Edmund.

— Como posso saber, Ed, se não os vi?

— Os passos deles pareceram-te humanos?

— Não ouvi ruído de passos; só vozes e esses estrondos horríveis, como um malho.

— Será que se tornam visíveis quando se lhes entrerra uma espada no corpo? — aventou Ripitchip.

— Ao que parece, iremos sabê-lo — respondeu Caspian. — Mas vamos embora daqui. Está um deles nessa bomba a ouvir tudo o que dizemos.

Saíram o portão e voltaram pelo caminho onde talvez as árvores lhes permitissem dar menos nas vistas.

— Não serve de nada tentarmos esconder-nos de pessoas que não se vêem — disse Eustace. — Podem estar à nossa volta.

— Que vos parece, Drínian — sugeriu Caspian —, se deixássemos o bote, fôssemos até outra parte da baía e fizéssemos sinal ao *Caminheiro da Alvorada* para se aproximar e nos ir buscar?

— Não há profundidade suficiente, Majestade — foi a resposta.

— Podíamos ir a nado — sugeriu Lucy.

— Vossas Majestades têm de me ouvir — disse Ripitchip. — É insensato tentar evitar um inimigo invisível encolhendo-nos e esquivando-nos. Se essas criaturas querem combater connosco, não tenhais dúvidas de que vão ser bem sucedidas. Seja qual for o desfecho do combate, prefiro defrontar-me com elas cara a cara do que ser apanhado pela cauda.

— Acho que desta vez o Ripitchip tem razão — observou Edmund.

— Sem dúvida — corroborou Lucy. — Se o Rhince e os outros no *Caminheiro da Alvorada* nos virem a combater na praia, poderão fazer qualquer coisa.

— Mas não nos verão a combater se não virem o inimigo — comentou Eustace, desconsolado. — Vão pensar que estamos só a dar espadeiradas no ar para nos divertirmos.

Seguiu-se uma pausa desconfortável.

— Bem — disse Caspian por fim —, vamos a isto. Temos de os enfrentar. Põe uma seta no arco, Lucy. Os outros desembainhem as espadas. E agora vamos. Talvez eles queiram negociar.

Ao regressarem à praia, era estranho ver os relvados e as grandes árvores com um ar tão calmo. Quando lá chegaram e viram o bote onde o haviam deixado e a areia lisa sobre a qual não se via ninguém, mais do que um duvidou de que Lucy não se tivesse limitado a imaginar o que lhes contara. Mas, antes de pisarem a areia, uma voz soou no ar:

— Não avancem mais; não avancem mais agora. Primeiro temos de falar convosco. Somos mais de cinquenta, com armas na mão.

— Oiçam-no, oiçam-no — entoou o coro. — É o nosso Chefe. Pode confiar-se no que ele diz. Está a dizer a verdade.

— Não vejo esses cinquenta guerreiros — observou Ripitchip.

— É isso, é isso — disse a Voz do Chefe. — Vocês não nos vêem. E porquê? Porque somos invisíveis.

— Continua, Chefe, continua — incitaram as Outras Vozes. — Falas como um livro aberto. Não se lhes podia dar uma resposta melhor do que essa.

— Cala-te um momento, Rip — ordenou Caspian. E logo acrescentou em voz mais alta: — Que querem vocês de nós, povo invisível? Que fizemos para vos ter como inimigos?

— Queremos uma coisa que essa miúda nos pode fazer — respondeu a Voz do Chefe. (Os outros apressaram-se a afirmar que era isso que eles próprios teriam dito.)

— Miúda?! — exclamou Ripitchip. — Esta dama é uma Rainha.

— Não queremos cá saber de rainhas — retorquiu a Voz do Chefe.

— Nós também não, nós também não — repetiram os outros como um eco.

— Mas queremos uma coisa que ela pode fazer — prosseguiu o Chefe.

— O que é? — perguntou Lucy.

— Se é alguma coisa contrária à honra e à segurança de Sua Majestade, vão ver quantos matamos antes de morrermos — afirmou Ripitchip.

— Bem — disse a Voz do Chefe —, é uma longa história. E se nos sentássemos?

A proposta foi acolhida com uma recepção calorosa pelas Outras Vozes, mas os Narnianos permaneceram de pé.

— É o seguinte — prosseguiu a Voz do Chefe. — Há tempo sem conta que esta ilha pertence a um grande mágico. E nós somos todos, ou, melhor, éramos, seus escravos. Bom, para abreviar, esse mágico de quem eu estava a falar disse-nos para fazermos uma coisa de que não gostámos. E porquê? Porque não queríamos fazê-la. Vai então esse grande mágico ficou furioso, pois tenho de dizer-vos que era o dono da ilha e não estava habituado a ser contrariado. Era terrivelmente arrogante, percebem? Mas deixem-me ver onde ia. Ah, sim, então esse mágico foi até ao andar de cima (porque era onde ele tinha todos os objectos mágicos e nós vivíamos no andar de baixo) e deitou-nos um feitiço. Um feitiço de tornar feio. Se nos vissem agora, o que, em minha opinião, podem agradecer à vossa boa estrela não acontecer, nem acreditavam como éramos antes. Ficámos tão feios que não suportávamos olhar uns para os outros. Então o que fizemos? Vou dizer-vos o que fizemos. Esperámos até pensarmos que o mágico estava a dormir, à tarde, subimos até ao andar de cima e, cheios de coragem, procurámos o seu livro mágico para ver se podíamos fazer alguma coisa que melhorasse o nosso aspecto. Mas, para dizer a verdade, estávamos todos a suar e a tremer. Quer acreditem, quer não, não encontrámos nenhum encantamento para quebrar o feitiço. E, com o tempo a passar e o medo de que o velho acordasse de um momento para o outro, eu estava encharcado em suor. Bom, para abreviar, não sei se fizemos bem ou mal, mas acabámos por encontrar um feitiço para tornar as pessoas invisíveis. E pensámos que era melhor sermos invisíveis do que continuar a ser tão feios como éramos. E porquê? Porque sim. Foi então que a minha filha, que tinha, ou, melhor, que tem mais ou menos a idade da vossa menina e que era linda antes de ficar horrenda, porque agora... mas quanto menos disser dela melhor... foi então que a minha filha disse as palavras mágicas, pois tinha de ser uma menina, ou o próprio mágico a fazê-lo, porque, de outro modo, não funcionava. E porquê? Porque não acontecia nada. Então a minha Clípsia disse as palavras mágicas, pois tenho de dizer-vos que lê que é uma maravilha. E lá ficámos nós tão invisíveis que não nos vêem. E garanto-vos que foi um alívio não vermos as caras uns dos outros. Pelo menos, a princípio. Mas, em resumo, o que se passa é que estamos mortalmente fartos de ser invisíveis. E ainda há outra coisa. Nunca calculámos que esse mágico (aquele de que vos falei) se ia tornar também invisível. Mas nunca mais o vimos. Por isso não sabemos se está morto ou se está lá em cima, invisível. Talvez esteja no andar de baixo, invisível como nós. E acreditem que não vale a pena ficar à escuta, pois ele andava sempre descalço, sem fazer mais ruído do que um grande gato. E asseguro-vos de que já não aguentamos mais.

Foi essa a história que a Voz do Chefe contou, mas muito resumida, pois não referi o que as Outras Vozes iam dizendo. Na verdade, nunca proferia mais de seis ou sete palavras sem ser interrompido pelas suas frases de concordância e de encorajamento, o que quase fez os narnianos perderem de todo a paciência. Quando acabou, seguiu-se um grande silêncio.

— Mas que tem tudo isso a ver connosco? — perguntou por fim Lucy. — Não percebi.

— Então não é que me esqueci do principal? — exclamou o Chefe.

— Esqueceste-te mesmo, esqueceste-te mesmo — gritaram os outros cheios de entusiasmo. — Ninguém podia ter dito isso melhor. Continua, Chefe, continua.

— Bem, não preciso de repetir toda a história — disse o Chefe.

— Está claro que não — apressaram-se a confirmar a Caspian e Edmund.

— Bem, então lá vai, muito resumidamente — disse a Voz do Chefe. — Há muito que estamos à espera de uma linda rapariguinha estrangeira, como a menina, que fosse lá acima à procura do livro mágico e encontrasse as palavras mágicas que desfazem a invisibilidade. E jurámos que não deixávamos partir vivos os primeiros estrangeiros que desembarcassem nesta ilha (acompanhados por uma linda menina, pois assim tinha de ser), se não nos fizessem o que era preciso. E é por isso que, se a vossa menina não mete mãos à obra, vos cortamos o pescoço. Porque tem de ser. E espero que não levem a mal.

— Não consigo ver as vossas armas — disse Ripitchip. — Também são invisíveis?

Mal tinha proferido essas palavras quando ouviu um zunido e, no momento seguinte, havia uma lança espetada, ainda a vibrar, numa das árvores atrás dele.

— Aquilo é uma lança — disse a Voz do Chefe.

— Lá isso é, lá isso é — apoiaram os outros. — Não se pode dizer melhor.

— E saiu da minha mão — prosseguiu a Voz do Chefe. — Tornam-se visíveis quando as largamos.

— Mas por que queres que eu faça isso? — perguntou Lucy. — Por que não o pode fazer um os teus? Não têm raparigas?

— Não nos atrevemos, não nos atrevemos — disseram todas as Vozes. — Não voltamos a ir lá acima.

— Por outras palavras — concluiu Caspian —, estão a pedir a esta dama que enfrente certos perigos que não querem que as vossas irmãs e filhas enfrentem!

— É isso, é isso! — exclamaram todas as Vozes, muito animadas. — Não podias ter dito melhor. Tu és instruído, qualquer pessoa pode ver que és.

— Bem, de todas as ignomínias... — começou Edmund a dizer.

Mas Lucy interrompeu:

— Teria de ir lá acima de noite ou de dia?

— Oh, de dia, à luz do dia, claro — disse a Voz do Chefe. — De noite, não. Ninguém te pede que faças isso. Ir lá acima de noite? Credo!

— Então está bem. Eu vou — disse Lucy. — Não — prosseguiu, virando-se para os outros —, não tentem deter-me. Não vêem que não vale a pena? Eles são às dezenas. Não podemos lutar contra eles. E assim, temos uma hipótese.

— Mas um mágico...! — exclamou Caspian.

— Eu sei — disse Lucy. — Mas talvez não seja tão mau como eles o pintam. — Não ficaram com a ideia de que este povo não é lá muito corajoso?

— Sem dúvida não são muito inteligentes — comentou Eustace.

— Ouve lá, Lu — disse Edmund —, não podemos deixar-te fazer uma coisa destas. Pergunta ao Ripitchip, estou certo de que ele dirá o mesmo.

— Mas é para salvar a minha vida, bem como as vossas. Nem eu nem os outros queremos ser cortados aos pedaços por espadas invisíveis.

— Sua Majestade tem razão — opinou Ripitchip. — Se tivéssemos quaisquer garantias de que era possível salvá-la combatendo, o nosso dever seria muito claro. Mas parece-me que não temos. E o favor que lhe pedem não é de modo nenhum contrário à honra de Sua Majestade, mas sim um acto nobre e heróico. Se o coração da Rainha lhe dita que se arrisque a enfrentar o mágico, não sou eu que me irei opor.

E, como nunca ninguém vira Ripitchip ter medo de nada, ele pôde dizer isto com todo o à-vontade. Porém, os rapazes, que com muita frequência tinham sentido medo, ficaram muito corados. Além disso, a sensatez da sua observação era tal que tiveram de ceder. O povo invisível irrompeu em grandes aplausos quando a sua decisão foi anunciada e a Voz do Chefe (calorosamente apoiada por todas as outras) convidou os narnianos para cearem e passarem a noite com eles. Eustace não queria aceitar, mas Lucy disse:

— Tenho a certeza de que não são traiçoeiros. — E os outros concordaram.

E, assim, acompanhados por estrondos tremendos (que se tornaram ainda mais fortes quando chegaram ao pátio coberto de lajes e que fazia eco), voltaram todos a casa.

10

O LIVRO DO MÁGICO

O povo invisível recebeu os convidados principescamente. Era muito divertido ver as travessas e os pratos a chegarem à mesa sem ninguém a transportá-los. Teria sido divertido mesmo se eles se movessem paralelos ao chão, como seria de esperar que acontecesse em mãos invisíveis. Mas não era assim. Avançavam pela longa sala de jantar numa série de pulos. No ponto mais alto de cada salto, um prato ficava a cerca de metro e meio do chão, depois descia e parava de repente. Quando o prato continha alguma coisa como sopa ou guisado, o resultado era desastroso.

— Estou a começar a ficar muito intrigado com este povo — sussurrou Eustace a Edmund. — Achas que são humanos? Mais parecem gafanhotos enormes ou rãs gigantes.

— Pois parecem — confirmou Edmund. — Mas não metas a ideia de gafanhotos na cabeça da Lucy. Ela não gosta lá muito de insectos, especialmente quando são grandes.

A refeição teria sido mais agradável se a confusão não tivesse sido tanta e também se a conversa não tivesse consistido totalmente em frases de concordância. O povo invisível concordava com tudo. Na realidade, não teria sido fácil discordar da maioria das observações que faziam: «O que eu sempre digo é que, quando um sujeito tem fome, lhe sabe bem uma comidinha», ou «Está a escurecer, é sempre assim à noite», ou mesmo «Ah, vieste por cima de água; é muito molhada, não é?». E Lucy não podia deixar de olhar para a entrada escura aos pés da escada — que podia ver do lugar onde se encontrava sentada — e de se perguntar o que encontraria quando subisse aqueles degraus na manhã seguinte. Mas, à parte esses pormenores, foi uma refeição agradável, com sopa de cogumelos, frangos assados, fiambre com groselhas, passas, coalhada, nata, leite e hidromel. Os outros gostaram do hidromel, mas Eustace, que não sabia que podia ser purgante, veio a lamentar tê-lo bebido.

Quando Lucy acordou na manhã seguinte, foi como despertar no dia de um exame ou em que se vai ao dentista. Estava uma bela manhã, com abelhas a zumbirem e a entrarem e a saírem pela janela aberta, e o relvado lá fora a fazer lembrar Inglaterra. Levantou-se, vestiu-se e tentou falar e comer como sempre, ao pequeno-almoço. Seguidamente, depois de ter recebido instruções dadas pela Voz do Chefe sobre o que tinha de fazer no andar de cima, despediu-se dos outros e, sem mais palavras, dirigiu-se ao fundo das escadas e começou a subi-las sem olhar para trás uma vez sequer.

O dia estava muito luminoso, o que era bom. Havia uma janela mesmo à sua frente, no cimo do primeiro lanço de degraus. Enquanto aí se encontrava, ouvia o tiquetaque de um grande relógio de pêndulo de caixa alta na entrada lá em baixo. Depois chegou ao patamar e teve de virar para a esquerda a fim de começar a subir o lanço seguinte, após o que deixou de ouvir o relógio.

Agora chegara ao cimo das escadas. Lucy olhou e viu um corredor comprido e largo, com uma grande janela no outro extremo. Ao que parecia, o corredor abarcava todo o comprimento da casa. Tinha adornos em madeira talhada e apainelada, o chão estava coberto por uma passadeira e tinha muitas portas de ambos os lados. Permaneceu imóvel, sem ouvir um guincho de rato, o zumbir de uma mosca, uma cortina a correr — nada, excepto o bater do seu coração.

«A última porta à esquerda», disse para consigo. Era um bocado duro ser a última, pois, para lá chegar, teria de passar por todas as outras. E em qualquer das salas podia estar o Mágico — a dormir ou acordado, invisível ou mesmo morto. Mas, como de nada servia pensar nisso, recomeçou a caminhar. A passadeira era tão espessa que os seus pés não faziam ruído.

«Ainda não há nada de que ter medo», disse Lucy. E não havia dúvida de que o corredor era sossegado e estava bem iluminado. Talvez fosse um pouco silencioso de mais. Teria sido mais agradável se não houvesse tantos sinais esquisitos pintados a vermelho nas portas — coisas retorcidas e complicadas que, evidentemente, tinham um significado que não devia ser muito agradável. E mais agradável ainda se não houvesse aquelas máscaras na parede. Não que fossem feias — mas as órbitas vazias

tinham um ar estranho e, se uma pessoa desse largas à imaginação, começaria a pensar que as máscaras se punham a fazer coisas mal se lhes virava as costas.

Depois de passar a sexta porta, teve o primeiro susto a sério. Durante um segundo teve quase a certeza de que um rostozinho malévolo, de barba, aparecera na parede e lhe fizera uma careta. Fez um esforço para parar e olhar para aquilo. Não era rosto nenhum, apenas um espelho com o tamanho e a forma do seu próprio rosto, com cabelos no cimo e uma barba em baixo, de modo que, ao ver o seu próprio rosto reflectido, parecia que o cabelo e a barba pertenciam à imagem. «Só vi o meu próprio reflexo pelo canto do olho ao passar», comentou Lucy. «Foi só isso. Completamente inofensivo.» Porém, não lhe agradou o aspecto do seu rosto com o cabelo e a barba e continuou. (Não sei para que servia o Espelho da Barba, porque não sou mágico nenhum.)

Antes de chegar à última porta à esquerda, Lucy já tinha começado a pensar se o corredor se teria tornado mais comprido desde que iniciara a caminhada ou se aquilo faria parte da magia da casa. Mas finalmente chegou lá. E a porta estava aberta.

Era uma sala ampla com três grandes janelas, coberta de livros do chão até ao tecto; mais livros do que Lucy vira na vida toda, livros minúsculos, livros gordos e atarracados, livros maiores do que uma Bíblia de igreja, todos encadernados a couro e a cheirarem a Velho, a sabedoria e a magia. Mas, pelas instruções que recebera, sabia que não tinha de se ocupar deles. É que *o* Livro Mágico encontrava-se sobre uma mesa de leitura mesmo ao meio da sala. Viu que o teria de ler de pé (e, de qualquer modo, não havia cadeiras) e também que teria de ficar de costas para a porta, enquanto o lesse. Por isso, virou-se imediatamente para fechar a porta. Mas a porta não se fechava.

Pode haver quem discorde de Lucy sobre esta questão, embora eu ache que ela estava absolutamente certa. Disse que não se teria importado se tivesse podido fechar a porta, mas que era desagradável ter de ficar num lugar daqueles com uma porta aberta mesmo atrás de si. Eu teria sentido exactamente o mesmo. Mas não havia nada a fazer.

Uma coisa que a preocupou bastante foi o tamanho do livro. A Voz do Chefe não lhe tinha conseguido dar uma ideia do sítio do livro onde se encontrava a fórmula mágica para tornar as coisas visíveis e até manifestara surpresa por ela perguntar. Esperava que começasse no princípio e continuasse até lá chegar. É evidente que nunca pensara que havia outras maneiras de encontrar uma passagem num livro. «Mas isto vai levar dias ou semanas!», pensou Lucy, olhando para o enorme volume. «E já me parece que estou neste lugar há horas.»

Dirigiu-se à secretária e pousou a mão no livro; ao tocar-lhe, sentiu um formigueiro nos dedos como se ele estivesse cheio de electricidade. Tentou abri-lo, mas a princípio não conseguiu; isto, porém, era só por estar preso por dois grampos pesados como chumbo e, quando os soltou, o livro abriu-se com bastante facilidade. E que livro aquele!

Estava escrito à mão, e não impresso, numa letra legível, regular, com traços grossos para baixo e finos para cima, muito grande, mais fácil de ler do que letra de imprensa, tão bela que Lucy ficou a olhar para ela durante um minuto esquecendo-se de ler. O papel, liso e estaladiço, exalava um odor agradável; nas margens e à volta de cada maiúscula no princípio de cada frase, havia gravuras.

Não havia frontispício nem título; as fórmulas mágicas começavam logo e, a princípio, não lhe pareceu que encerrassem nada de muito importante. Eram curas para verrugas (lavando as mãos ao luar numa bacia de prata), para dores de dentes e cãibras e uma encantação para apanhar um enxame de abelhas. A imagem do homem com dores de dentes era tão real que, se se olhasse para ela durante muito tempo, se ficava com dores de dentes; e as abelhas douradas em torno da quarta fórmula pareciam estar mesmo a voar.

Lucy teve dificuldade em desfitar essa primeira página; no entanto, quando a virou, a seguinte era igualmente interessante. «Mas tenho de continuar», disse. E passou cerca de trinta páginas que, se as tivesse fixado, lhe teriam ensinado a encontrar um tesouro escondido, a recordar coisas esquecidas, a esquecer coisas que não queria lembrar, a saber se alguém estava a falar verdade, a chamar (ou afastar) o vento, o nevoeiro, a neve, o granizo ou a chuva, a provocar um sono encantado e a fazer com que um homem ficasse com cabeça de burro. E, quanto mais lia, mais maravilhosas e reais as imagens se tornavam.

Foi então que chegou a uma página com gravuras tão deslumbrantes que mal reparou no que estava escrito. Mal reparou, mas não deixou de notar as primeiras palavras que eram as seguintes: *Uma fórmula mágica infalível para tornar mais bela que o comum dos mortais aquela que a proferir.* Lucy olhou atentamente para as imagens, com o rosto muito próximo da página, e, embora a princípio elas lhe tivessem parecido demasiado densas e confusas, nessa altura descobriu que conseguia vê-las distintamente. A primeira era uma imagem de uma rapariga de pé junto de uma mesa de leitura a ler um livro enorme. E a rapariga estava vestida exactamente como Lucy. Na gravura seguinte, Lucy (pois a rapariga das gravuras era ela própria) estava de pé, com a boca aberta e uma expressão terrível estampada no rosto, a entoar ou a recitar qualquer coisa. Na terceira imagem tinha adquirido uma beleza para além da do comum dos mortais. Era estranho, considerando como as gravuras tinham parecido pequenas a princípio, que a Lucy representada parecesse agora tão grande como a Lucy real; fitavam-se uma à outra nos olhos e a Lucy real desviava os seus daí a uns minutos, deslumbrada pela beleza da outra Lucy, embora ainda reconhecesse determinadas semelhanças entre o seu e esse belo rosto. E agora as imagens sucediam-se a uma velocidade vertiginosa. Viu-se num trono, num grande torneio em Calormen, e todos os Reis do mundo a lutarem pela sua beleza. Depois, os torneios transformaram-se em verdadeiras guerras, e Nárnia e Archenland, Telmar e Calormen, Galma e Terebínthia, foram devastadas pela fúria de reis, duques e grandes senhores, que combatiam pelos seus favores. Em seguida, a imagem mudou e Lucy, ainda mais bela, estava de volta a Inglaterra. E Susan (que sempre fora a beldade da família) chegava da América. A Susan da imagem era exactamente como a Susy real, só que mais insignificante e com uma expressão desgradável. E Susan tinha ciúmes da beleza deslumbrante de Lucy, mas isso não importava, pois agora ninguém se preocupava com ela.

«*Direi* a fórmula mágica», disse Lucy para si mesma. «Não me importo. Di-la-ei.»

Disse *não me importo* por ter uma forte sensação de que não o devia fazer. Mas, quando voltou a olhar para as palavras iniciais da fórmula mágica, ali mesmo no meio da escrita, onde estava certa de que antes não havia gravura alguma, descobriu o grande rosto de um leão, do Leão, do próprio Aslan, a fitá-la. Estava pintado de um dourado tão intenso que parecia sair da página ao seu encontro; e a verdade é que, mais tarde, não teve a certeza absoluta de que ele não se tivesse realmente movido um pouco. De qualquer modo, conhecia muito bem a sua expressão. Estava a rosnar e tinha quase todos os dentes à mostra. Tomada de um medo horrível, virou a página imediatamente.

Um pouco mais tarde chegou a uma fórmula que permitia que se soubesse o que os amigos de uma pessoa pensavam a seu respeito. Ora Lucy estivera com muita vontade de experimentar a outra fórmula mágica, a que a podia tornar mais bela do que o comum dos mortais. Por isso, sentiu que, para se compensar de não a ter dito, iria dizer aquela. E, à pressa, com medo de mudar de opinião, proferiu as palavras mágicas (nada me convencerá a dizer-vos quais eram). E ficou à espera de que acontecesse qualquer coisa.

Como nada se passou, recomeçou a olhar para as imagens. E viu imediatamente a última coisa que esperava — uma imagem de uma carruagem de um comboio, com duas meninas sentadas. Reconheceu-as imediatamente. Eram Marjorie Preston e Anne Featherstone. Só que agora era muito mais que uma imagem, pois tratava-se de uma cena real. Via os postes telegráficos a desfilarem fora da janela. Via as duas rapariguinhas a rirem e a conversarem. Depois, a pouco e pouco (como quando se liga um rádio), ouviu o que estavam a dizer.

— Este período vou ver-te — perguntou Anne —, ou vais andar sempre com a Lucy Pevensie?

— Não sei o que queres dizer com *andar sempre* — retorquiu Marjorie

— Sabes, sim. No período passado achava-la o máximo.

— Não achava nada. Tenho mais juízo do que isso. Não é que seja má rapariga. Mas antes do fim do período já estava farta dela.

— Muito bem, nunca mais vais ter essa oportunidade! Hipócrita! — exclamou Lucy. Mas o som da sua voz recordou-lhe que estava a falar com uma imagem e que a verdadeira Marjorie estava muito longe, num mundo diferente.

«Bem», disse para consigo, «costumava ter melhor opinião a respeito dela. E, no último período, fiz imensas coisas por ela e apoiei-a quando não havia muitas dispostas a isso. E ela sabe isso. E logo à Anne Featherstone! Serão todos os meus amigos assim? Há muitas outras imagens. Não. Não vou olhar mais. Não vou, não vou ... » E, com grande esforço, virou a página, embora só depois de ter deixado cair sobre ela uma grande lágrima de revolta.

Na página seguinte deparou-se-lhe uma fórmula mágica para «consolo do espírito». As imagens eram em menor número, mas muito belas. E o que Lucy deu consigo a ler era mais uma história do que um encantamento. Continuava ao longo de três páginas e, antes de ter lido até ao fim da primeira, já se esquecera do que lera. Estava a viver a história como se fosse real e todas as gravuras também eram reais. Quando chegou ao fim, na terceira página, disse para consigo: «Esta é a história mais encantadora que já li ou que alguma vez lerei na vida. Oh, quem me dera poder continuar a ler durante dez anos! Pelo menos vou tornar a lê-la.»

Mas aqui parte da magia do livro entrou em acção. Não se podia voltar para trás. Lucy conseguia virar as páginas à direita, as que vinham a seguir; mas não as da esquerda.

«Oh, que pena!», exclamou. «Apetecia-me lê-la outra vez. Bem, pelo menos vou recordar-me dela. Vejamos... Era sobre... sobre... Meu Deus, está tudo a desvanecer-se. Nem sequer da última página me lembro. Este livro é muito estranho. Como posso ter-me esquecido? Era sobre uma taça, uma espada, uma árvore e uma colina verde, até aí ainda sei. Mas não consigo lembrar-me do enredo. Que hei-de fazer?»

E nunca conseguiu recordar-se, mas, a partir desse dia, quando Lucy se refere a uma boa história, é sempre uma história que lhe faz lembrar a história esquecida do Livro do Mágico.

Prosseguiu com a leitura e, para grande surpresa sua, descobriu uma página sem gravuras; mas as primeiras palavras eram *Uma fórmula mágica para tornar visíveis as coisas ocultas*. Leu-a até ao fim para compreender todas as palavras difíceis e depois repetiu-a em voz alta. E percebeu imediatamente que funcionava, pois, enquanto ia falando, as cores apareciam nas maiúsculas ao cimo da página e as imagens começavam a surgir nas margens. Era como quando se aproxima um fósforo de qualquer coisa escrita com tinta invisível e o texto vai aparecendo aos poucos; só que, em vez do sumo de limão amarelado (que é a Tinta Invisível mais fácil de arranjar), aquilo era tudo dourado, azul e escarlate. Havia imagens estranhas com muitas figurinhas, cujo aspecto não agradou muito a Lucy. Seguidamente pensou: «Acho que tornei tudo visível, e não só o povo dos Saltões. Deve haver uma quantidade de outras coisas invisíveis num sítio como este e não estou certa de as querer ver a todas.»

Nesse momento ouviu uns passos brandos, mas pesados, no longo corredor atrás de si e é claro que se lembrou do que lhe tinham dito acerca do Mágico, que caminhava descalço, sem fazer mais ruído do que um gato. É sempre melhor uma pessoa virar-se do que ter qualquer coisa a chegar sorrateiramente por detrás. E foi o que Lucy fez.

E então o seu rosto iluminou-se e durante um instante (mas claro está que ela não se apercebeu) ficou quase tão bela como a outra Lucy da gravura; precipitou-se a correr, soltando um gritinho de alegria, de braços estendidos, pois o que estava à porta era o próprio Aslan, o Leão, o Rei Supremo de todos os Reis Supremos. Era sólido, real e quente e deixou-a beijá-lo e enterrar o rosto na sua juba cintilante. E, devido ao som baixo, semelhante ao de um tremor de terra que vinha de dentro dele, Lucy atreveu-se a pensar que estivesse a ronronar.

— Oh, Aslan! — exclamou. — Que bom teres vindo!

— Estive sempre aqui, mas acabaste de me tornar visível.

— Aslan! — exclamou Lucy, quase num tom de recriminação. — Não faças troça de mim. Como se eu pudesse fazer alguma coisa para te tornar visível!

— Foi isso que aconteceu — disse Aslan. — Julgas que eu não obedeceria às minhas próprias regras?

Depois de uma pequena pausa voltou a falar:

— Pequenita, acho que estiveste a bisbilhotar.

— A bisbilhotar?

— Ouviste o que as tuas colegas estavam a dizer a teu respeito.

— Oh, isso? Nunca pensei que fosse bisbilhotar, Aslan. Não era magia?

— Espiar as pessoas por meio de magia é o mesmo que espiá-las de outra maneira qualquer. E julgaste mal a tua amiga. Ela é fraca, mas gosta de ti. Estava com receio da garota mais velha e disse coisas que não pensava.

— Acho que nunca vou poder esquecer o que a ouvi dizer.

— Não, não vais.

— Meu Deus! — exclamou Lucy — Então estraguei tudo? Quer dizer que teríamos continuado a ser amigas se não fosse aquilo?... Amigas de verdade... talvez durante toda a vida... E agora isso não vai acontecer?

— Pequenita — disse Aslan —, não te expliquei já uma vez que ninguém sabe o que *acontecerá*?

— Sim, Aslan, explicaste. Desculpa. Mas, por favor...

— Fala, minha querida.

— Poderei alguma vez voltar a ler aquela história? Aquela de que não me consigo recordar? Conta-ma, Aslan? Oh, conta-ma, por favor!

— Está bem. Contar-ta-ei durante anos e anos. Mas agora vem. Temos de ir ao encontro do dono desta casa.

11

OS PATETÓPODES FICAM FELIZES

Lucy seguiu o grande Leão até ao corredor e imediatamente viu vir ao seu encontro um Velho descalço, envergando uma túnica vermelha. Tinha o cabelo branco coroado por uma grinalda de folhas de carvalho, a barba chegava-lhe à cintura e apoiava-se a um bastão curiosamente trabalhado. Ao ver Aslan, fez uma profunda vénia e disse:

— Bem-vindo, Majestade, à mais modesta das vossas casas.

— Já estás cansado destes súbditos tão tolos que te dei para governares, Coriakin?

— Não — respondeu o Mágico. — São muito estúpidos, mas não há maldade neles. Por vezes, talvez fique um pouco impaciente, à espera do dia em que possam ser governados pela sabedoria, e não por pura magia.

— Dá tempo ao tempo, Coriakin.

— Sim, tenho de dar tempo ao tempo, Majestade — foi a resposta. — Tencionais deixar que vos vejam?

— Não — respondeu o Leão, com um pequeno rugido que significava (pensou Lucy) o mesmo que uma gargalhada. — Iria matá-los de susto. Muitas estrelas envelhecerão e virão repousar em ilhas antes de o teu povo estar amadurecido para isso. E antes do pôr do Sol tenho de visitar Trumpkin, o Anão, que está no castelo de Cair Paravelel a contar os dias que faltam para o regresso de Caspian. Vou contar-lhe toda a tua história, Lucy. Não fiques com um ar tão triste. Daqui a pouco voltaremos a encontrar-nos.

— Por favor, Aslan — suplicou Lucy —, o que queres dizer com *daqui a pouco?*

— Chamo daqui a pouco a todos os momentos — respondeu Aslan.

E, no mesmo instante, desapareceu e Lucy ficou sozinha com o Mágico.

— Partiu! — exclamou este. — E tu e eu ficámos todos desconsolados. É sempre assim, não se consegue fazer que fique; não é como um leão domesticado. Então, gostaste do meu livro?

— Gostei imenso de certas passagens — respondeu Lucy. — Sabia que eu estava aqui?

— É claro que, quando deixei os Patetas tornarem-se invisíveis, sabia que tu havias de vir para quebrar o encanto. Não sabia era o dia exacto. E esta manhã não estava particularmente vigilante. Eles também me tornaram invisível e isso dá-me sempre sono. Aiii-óó, lá estou eu outra vez a bocejar. Tens fome?

— Talvez um bocadinho — respondeu Lucy. — Não faço ideia das horas que são.

— Vem — disse o Mágico. — Todos os momentos são daqui a pouco para Aslan; mas em minha casa todas as alturas em que se tem fome são à uma hora.

Conduziu-a pelo corredor e abriu uma porta. Ao entrar, Lucy viu-se numa sala agradável, cheia de luz e flores. A mesa estava vazia quando entraram, mas, como é evidente, tratava-se de uma mesa mágica e bastou uma palavra do Mágico para aparecer uma toalha, pratos, travessas, copos e comida.

— Espero que seja isto que te apetece — disse ele. — Tentei arranjar-te alimentos mais parecidos com os do teu país do que os que tens comido ultimamente.

— É uma maravilha! — exclamou Lucy.

E tinha razão. Uma omeleta, a escaldar, borrego com ervilhas, um sorvete de morango, limonada para acompanhar a refeição e uma chávena de chocolate para a fechar. Mas o Mágico só bebeu vinho e comeu pão. Não tinha nada de assustador e não tardou que Lucy e ele conversassem como velhos amigos.

— Quando irá funcionar a fórmula mágica? — perguntou Lucy. — Os Patetas vão ficar visíveis imediatamente?

— Oh, sim, já estão visíveis. Mas é provável que ainda estejam todos a dormir; fazem sempre uma sesta a meio do dia.

— E agora, que estão visíveis, vão deixar de ser tão feios? Vão ficar como eram antes?

— Bem, essa é uma questão delicada — respondeu o Mágico. — Só eles é que se achavam bonitos antes. Dizem que se tornaram horrendos, mas eu não acho. Talvez muitas pessoas pensem que a mudança foi para melhor.

— São assim tão vaidosos?

— São. Ou, pelo menos, o Chefe é que ensinou os outros a serem-no. Eles acreditam sempre em tudo o que ele diz.

— Reparámos nisso.

— De certo modo, estavam melhor sem ele. Claro que o podia transformar noutra coisa qualquer, ou mesmo fazer um feitiço para eles não acreditarem numa palavra do que ele diz. Mas não me agrada fazê-lo. É melhor para eles admirarem-no do que não admirarem ninguém.

— Eles não o admiram *a si*? — perguntou Lucy.

— Oh, a mim não. Nunca quiseram admirar-me.

— Foi por isso que os tornou feios? Quero dizer, o que eles consideram feios.

— Bem, eles não queriam fazer o que eu mandava. O seu trabalho era ocuparem-se do jardim e cultivarem coisas para comer; não para mim, como imaginavam, mas para eles. Não trabalhavam, a menos que os obrigasse. E, claro, para um jardim é precisa água. Há uma bela nascente a cerca de meio quilómetro, na colina. E dessa nascente brota um ribeiro que passa pelo jardim. Tudo o que lhes pedia era que tirassem a água do ribeiro em vez de irem até à nascente com os baldes duas ou três vezes por dia, a cansarem-se, além de entornarem metade no caminho. Mas não quiseram obedecer. Por fim, recusaram terminantemente.

— São assim tão estúpidos? — perguntou Lucy.

— Nem queiras saber os problemas que tive com eles — disse o Mágico com um suspiro. — Há uns meses estavam a lavar os pratos e os talheres antes de jantar e disseram que era para adiantar serviço. Apanhei-os a plantar batatas cozidas para não terem de as cozinhar depois de as colherem. Um dia o gato entrou no estábulo e vinte deles afadigaram-se a tirar para fora as vacas, sem que ninguém se lembrasse de levar dali o gato. Mas vejo que acabaste de comer. Vamos ver os Patetas, agora que já estão visíveis.

Passaram para outra sala, cheia de instrumentos polidos, difíceis de entender, como Astrolábios, Planetários, Poesímetros, Cronoscópios e Teodolitos. Ao chegarem junto da janela, o Mágico disse:

— Olha. Ali tens os teus Patetas.

— Não vejo ninguém — disse Lucy. — E que são aquelas coisas que parecem cogumelos?

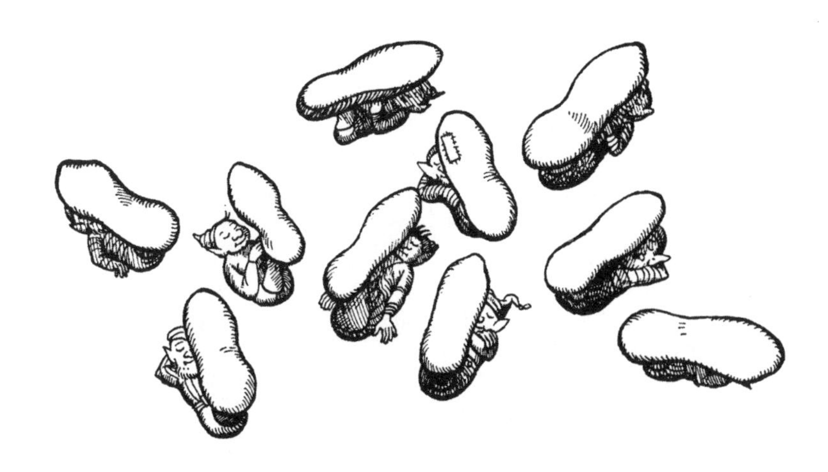

As coisas a que se referia estavam espalhadas pela relva. Não havia dúvida de que se assemelhavam muito a cogumelos, embora muito maiores — os pedicelos tinham cerca de um metro e o chapéu tinha mais ou menos o mesmo diâmetro. Quando olhou com mais atenção, viu que os pedicelos se ligavam ao chapéu não ao meio, mas a um lado, o que lhes dava um ar desequilibrado. E havia qualquer coisa — uma espécie de trouxazinha — deitada na erva aos pés de cada pedicelo. De facto, quanto mais olhava para eles, menos lhe pareciam cogumelos. A parte do chapéu não era redonda como pensara a princípio. Era mais comprida do que larga e aumentava de largura numa das extremidades. Havia imensos, cinquenta ou mais.

O relógio bateu as 3 horas. No mesmo instante aconteceu uma coisa extraordinária. De repente, cada um dos «cogumelos» se virou ao contrário. As trouxazinhas deitadas aos pés dos pedicelos eram cabeças e corpos e os pedicelos eram pernas. Mas não duas pernas para cada corpo. Cada corpo tinha uma única perna grossa por baixo dele e, na extremidade, um único pé enorme — de dedos largos, curvados para cima, de modo que o pé se assemelhava a uma canoazinha. Lucy não tardou a perceber por que lhe tinham parecido cogumelos. Tinham estado deitados de costas, com a única perna esticada no ar e o pé enorme aberto por cima dela. Mais tarde veio a saber que era assim que costumavam repousar, pois o pé protegia-os do sol e da chuva e era quase tão bom estar debaixo dele como sob uma tenda.

— Oh, que engraçadinhos! — exclamou Lucy, desatando a rir. — Transformou-os naquilo?

— Sim, transformei os Patetas em Monópodes — respondeu o Mágico, também a rir tanto que as lágrimas lhe corriam pelo rosto. — Mas olha — acrescentou.

Valia a pena olhar. É claro que aqueles homenzinhos só com um pé não eram capazes de andar e de correr como nós. Deslocavam-se aos saltos, como pulgas ou rãs. E que saltos davam! Como se cada pé tivesse molas. E com que balanço voltavam ao chão! Era isso que produzia o estrondo que na véspera tanto intrigara Lucy. Agora estavam a saltar em todas as direcções, gritando uns para os outros:

— Eh, rapazes! Já estamos outra vez visíveis.

— Estamos mesmo! — constatou um, com um barrete vermelho com uma borla, que, evidentemente, era o Chefe Monópode. — E o que eu digo é que, quando as pessoas ficam visíveis, se podem ver umas às outras.

— Ah, é isso, é isso, Chefe — gritaram todos os outros. — É essa a questão. Ninguém tem ideias mais claras do que tu. Não podias ter sido mais claro.

— Aquela rapariguinha apanhou o velho a dormir uma soneca — disse o Chefe Monópode. — Desta vez comemos-lhe as papas na cabeça.

— Era mesmo o que nós íamos dizer — ecoou o coro. — Hoje estás melhor do que nunca, Chefe. Continua, continua.

— Mas eles atrevem-se a falar de si assim? — perguntou Lucy. — Ontem pareciam ter tanto medo. Não sabem que pode estar a ouvir?

— Essa é uma das coisas engraçadas nos Patetas — explicou-lhe o Mágico. — Umas vezes falam de mim como se eu mandasse em tudo, ouvisse tudo e fosse extremamente perigoso. E no momento seguinte pensam que me podem apanhar com truques que até um bebé toparia... abençoados sejam.

— Terão de ser restituídos à sua forma primitiva? — perguntou Lucy. — Oh, espero que não seja uma maldade deixá-los como estão. Importar-se-ão muito? Parecem-me muito felizes. Olhe para aquele salto! Como eram eles antes?

— Anõezinhos vulgares. Mas não tão bonitos como os de Nárnia.

— Seria uma pena modificá-los. São tão engraçados! E são bonitinhos. Acha que era importante eu dizer-lhes isso?

— Acho que sim, se lhes conseguisses meter isso na cabeça.

— Quer vir comigo tentar?

— Não, não. Sais-te melhor sem mim.

— Muitíssimo obrigada pelo almoço — agradeceu Lucy, dando meia volta. Desceu a correr as escadas que subira tão nervosa nessa manhã e chocou com Edmund cá em baixo. Todos os outros estavam à espera dela e Lucy sentiu um peso na consciência ao ver os seus rostos ansiosos e ao dar-se conta de há quanto tempo os havia esquecido.

— Está tudo bem — garantiu. — Correu tudo bem. O Mágico é um amor e vi Aslan.

Depois correu que nem uma flecha para o jardim. Aí, a terra tremia com os saltos e o ar vibrava com os gritos dos Monópodes. E o barulho redobrou quando a viram.

— Lá vem ela, lá vem ela — gritaram. — Três vivas à garota. Ah, ela enrolou bem o velhote!

— Lamentamos muito não te poder dar o prazer de nos veres como éramos antes de ficarmos horrendos — disse o Chefe —, pois a verdade é que nem imaginas a diferença. Como agora somos de uma fealdade atroz, não te poderíamos desiludir.

— Pois somos, Chefe, isso é que somos — responderam os outros em coro, aos saltos como balões. — Tu o disseste, tu o disseste.

— Eu não sou dessa opinião — disse Lucy aos gritos para se fazer ouvir. — Acho-vos muito bonitos.

— Oiçam-na, oiçam-na — disseram os Monópodes em uníssono. — Isso é bem verdade. Somos muito bonitos. Não há ninguém mais bonito do que nós — acrescentaram sem qualquer surpresa e sem notarem que tinham mudado de opinião.

— Ela está é a dizer que éramos muito bonitos antes de nos tornarmos horrendos — corrigiu o Chefe Monópode.

— É verdade, Chefe, é verdade — entoaram os outros. — Foi isso que ela disse. Foi o que ouvimos.

— Não foi nada! — berrou Lucy. — Disse que vocês são bonitos agora.

— Pois foi, pois foi — afirmou o Chefe Monópode. — Disse que antigamente éramos muito bonitos.

— Oiçam-nos a ambos, oiçam-nos a ambos — disseram os Monópodes. — Que par! Têm sempre razão. Não podiam ter dito melhor.

— Mas estamos a dizer o contrário — insistiu Lucy, batendo impacientemente com o pé no chão.

— Pois estão, é claro que estão — assentiram os Monópodes. — Não há como dizer o contrário. Continuem, os dois.

— Vocês dão com uma pessoa em doida — disse Lucy, disposta a desistir. Porém, como os Monópodes pareciam contentíssimos, decidiu que a conversa fora um êxito.

E antes de irem todos para a cama, nessa noite, aconteceu outra coisa que os deixou ainda mais satisfeitos com a sua única perna. Logo que lhes foi possível, Caspian e todos os narnianos foram até à praia dar as notícias a Rhince e aos outros que se encontravam a bordo do *Caminheiro da Alvorada,* e que nessa altura já estavam muito ansiosos. E está claro que os Monópodes os acompanharam, aos saltos como bolas de futebol e a concordarem uns com os outros aos berros, até Eustace dizer:

— Preferia que o Mágico os tivesse tornado inaudíveis em vez de invisíveis.

Não tardou a arrepender-se do que dissera, pois teve de explicar que uma coisa inaudível é aquela que não se pode ouvir e, embora tivesse tido um trabalhão, não ficou certo de que os Monópodes o tivessem entendido; mas o que mais o aborreceu foi eles terem acabado por dizer:

— Eh, ele não sabe falar como o nosso Chefe. Mas já vais aprender, rapazinho! Ouve-o, para aprenderes a dizer as coisas. Aquilo é que é falar!

Ao chegarem à baía, Ripitchip teve uma ideia brilhante. Mandou lançar à água o seu barquinho e começou a remar nele até os Monópodes ficarem muito interessados. Então pôs-se de pé no barco e declarou:

— Dignos e inteligentes Monópodes, vocês não precisam de barco. Cada um tem um pé que faz o mesmo efeito. Saltem para a água com a ligeireza que puderem e vejam o que acontece.

O Chefe Monópode hesitou e acabou por avisar os outros de que iriam achar a água molhadíssima; mas um ou dois dos mais jovens experimentaram-na imediatamente e depois mais uns quantos seguiram o seu exemplo, até que, por fim, todos fizeram o mesmo. Funcionou perfeitamente. O grande pé dos Monópodes servia de barco ou de jangada natural e, depois de Ripitchip os ter ensinado a fazer remos, todos se puseram a remar pela baía, à volta do *Caminheiro da Alvorada,* parecendo uma frota de pequenas canoas com um anão gordo de pé à popa. Fizeram corridas e do barco desceram garrafas de vinho para oferecer como prémio aos vencedores, enquanto os marinheiros se inclinavam sobre a amurada e riam a bandeiras despregadas.

Os Patetas também ficaram muito contentes com o facto de lhes chamarem Monópodes, nome que lhes parecia magnífico, embora nunca o pronunciassem como devia ser.

— É isso que somos, pomónodes, podómones, dopómodes — berravam. — Era mesmo esse o nome que tínhamos na ponta da língua.

Mas em breve o misturaram com o seu velho nome e finalmente decidiram adoptar o nome Patetópodes, que é como provavelmente continuarão a ser conhecidos durante séculos.

Nessa noite os narnianos jantaram no andar de cima com o Mágico e Lucy reparou como tudo lhe parecia diferente, agora que já não sentia medo. Os sinais nas portas continuavam a ser misteriosos, mas agora pareciam-lhe ter significados simpáticos e acolhedores; e até achou divertido o espelho das barbas. À refeição, por artes mágicas, todos comeram e beberam aquilo de que mais gostavam. E, depois do jantar, o Mágico fez um útil e belo número de magia. Colocou duas folhas de pergaminho em branco em cima da mesa e pediu a Drínian que lhe fizesse uma descrição pormenorizada da viagem: à medida que Drínian ia falando, tudo o que ele descrevia aparecia traçado no pergaminho em belas linhas nítidas, até cada folha ser um esplêndido mapa do Oceano Oriental, vendo-se Galma, Terebínthia, as Sete Ilhas, as Ilhas Solitárias, a Ilha do Dragão, a Ilha Queimada, a das Águas da Morte e a terra dos Patetópodes, tudo do tamanho e nas posições exactas. Eram os primeiros mapas daqueles mares e melhores do que os que foram feitos posteriormente sem recurso à magia. Naqueles, embora as cidades e as montanhas tivessem o aspecto que teriam num mapa vulgar, quando o Mágico lhes emprestou uma lente de aumentar, viram imagenzinhas perfeitas das coisas reais, de modo que se podia ver o castelo, o mercado de escravos e as ruas de Porto Estreito, tudo muito nítido, embora muito distante, como coisas vistas através da extremidade errada de um telescópio. O único senão era a linha costeira da maioria das ilhas estar incompleta, pois o mapa só mostrava o que Drínian vira com os próprios olhos. Quando acabaram, o Mágico guardou um e deu a Caspian o outro, que ainda está pendurado na Câmara dos Instrumentos de Cair Paravel. Mas o Mágico nada lhes sabia dizer sobre os mares ou as terras mais para oriente. No entanto, contou-lhes que cerca de sete anos antes um barco narniano aportara ali, levando a bordo os Senhores de Revílian, Argoz, Mavramorn e Rhup. Por isso chegaram à conclusão de que o homem de ouro que tinham visto nas Águas da Morte devia ser o Senhor de Restimar.

No dia seguinte, o Mágico, recorrendo às suas artes, consertou a popa do *Caminheiro da Alvorada,* que tinha sido destruída pela Serpente Marinha, e carregou o barco de presentes úteis. Despediram-se calorosamente e, quando se fizeram ao mar, duas horas após o meio-dia, todos os Patetópodes os acompanharam a remar até à saída do porto e despediram-se com grande gritaria, até que deixaram de os ouvir.

12

A ILHA DAS TREVAS

Depois desta aventura continuaram a vogar para sul, derivando um pouco para leste durante doze dias, impelidos por um vento suave, com o céu quase sempre límpido e o ar cálido, sem verem aves nem peixes, excepto uma vez em que avistaram os esguichos de baleias a estibordo. Desta vez, Lucy e Ripitchip jogaram bastante xadrez. Depois, ao décimo terceiro dia, Edmund avistou do cesto da gávea o que lhe pareceu uma grande montanha a erguer-se do mar a bombordo.

Alteraram a rota e rumaram para essa ilha, quase sempre a remos, pois não havia vento que os impelisse para nordeste. Ao anoitecer ainda estavam muito longe dela e passaram a noite a remar. Na manhã seguinte, o tempo estava bom, mas continuava a não haver vento. A massa escura erguia-se à sua frente, muito mais próxima e maior, mas ainda indistinta, pelo que alguns pensaram que ainda estava muito distante e outros que iam entrar num banco de neblina.

Cerca das 9 horas dessa manhã, repentinamente, ficou tão próxima que conseguiram distinguir que não era terra, nem sequer neblina propriamente dita.

Eram apenas trevas. É difícil de descrever, mas conseguirão entender se se imaginarem a olhar para a entrada de um túnel ferroviário — um túnel tão comprido ou com tantas curvas que não se avista luz no outro extremo. E assim já ficam a saber como era. Durante alguns metros vêem-se os carris, as vigas e o saibro em plena luz; depois há um sítio em que eles ficam na penumbra; e, seguidamente, de repente, mas com uma clara linha de demarcação, desaparecem por completo, dando lugar à escuridão mais profunda. Era exactamente o que se passava ali. Durante uns metros à frente da proa viam a ondulação da água de um intenso azul-esverdeado. Mais além, a água tornava-se pálida e cinzenta como é costume ao entardecer. Mas ainda mais

para diante era a escuridão profunda, como se tivessem entrado numa noite sem lua e sem estrelas.

Caspian gritou para o mestre do navio que virasse o barco e todos, excepto os remadores, se precipitaram para a frente e ficaram a olhar da proa. Mas, por muito que olhassem, não conseguiam ver nada. Atrás deles viam o mar e o Sol e à sua frente, apenas trevas.

— Vamos entrar ali? — perguntou Caspian por fim.

— Não aconselho — respondeu Drínian.

— O Capitão tem razão — concordaram vários marinheiros.

— Eu também sou dessa opinião — afirmou Edmund.

Lucy e Eustace não se pronunciaram, embora se sentissem muito satisfeitos lá por dentro com o rumo que as coisas pareciam estar a tomar. Mas, nessa altura, a voz límpida de Ripitchip quebrou o silêncio:

— Por que não? Haverá quem me queira explicar?

Como ninguém estivesse ansioso por explicar, Ripitchip prosseguiu:

— Se me estivesse a dirigir a camponeses ou a escravos, poderia supor que essa sugestão era provocada pela cobardia. Mas espero nunca ouvir dizer em Nárnia que um grupo de pessoas nobres e reais, na flor da idade, virou as costas por ter medo do escuro.

— Mas qual seria a utilidade de abrirmos caminho através daquela escuridão? — perguntou Drínian.

— Utilidade?! — replicou Ripitchip. — Utilidade, Capitão?! Se por utilidade quereis dizer encher a barriga ou a bolsa, confesso que não terá utilidade alguma. Tanto quanto sei, não navegamos para procurar coisas úteis, mas em busca de honra e aventuras. E aqui está a maior aventura de que já ouvi falar e, se virarmos as costas, uma grave mancha na nossa honra.

Vários marinheiros resmonearam entre dentes coisas como «a honra que vá à fava», mas Caspian disse:

— Oh, bolas, Ripitchip! Às vezes apetecia-me não te ter trazido. Muito bem! Se pões as coisas nesse pé, acho que temos de continuar. A menos que a Lucy prefira não o fazer...

Lucy sentiu que preferia voltar para trás, mas o que disse em voz alta foi:

— Eu alinho.

— Pelo menos Vossa Majestade vai dar ordem para que se usem lanternas? — perguntou Drínian.

— Está claro que vou — respondeu Caspian. — Ocupe-se disso, Capitão.

E, assim, as três lanternas, uma à popa, outra à proa e a terceira no mastro, foram todas acendidas e Drínian ordenou que se colocassem duas tochas a meio do barco. Ao sol, a sua luz era pálida e fraca. Depois, todos os homens, excepto os que ficaram a remar, foram mandados para a coberta, completamente armados, nos seus postos de combate, com as espadas desembainhadas. Lucy e dois archeiros ocuparam o cesto da gávea, com arcos e setas prontos a disparar. Rynelf ia à proa, com a sua sonda preparada para verificar a profundidade, acompanhado por Ripitchip, Edmund, Eustace e Caspian, com as suas cotas de malha reluzentes. Drínian ficou ao leme.

— E agora, em nome de Aslan, em frente! — bradou Caspian. — Remem devagar e com regularidade. E que todos os homens se mantenham calados e com os ouvidos bem abertos para ouvirem as ordens.

Estalando e rangendo, o *Caminheiro da Alvorada* começou a arrastar-se em frente logo que os homens se puseram a remar. Lucy, no cesto da gávea, viu perfeitamente o momento exacto em que penetraram nas trevas. A proa já tinha desaparecido antes de o sol deixar a popa, que ela também viu desvanecer-se. Num minuto, a popa dourada, o mar azul e o céu estavam em plena luz do dia: no minuto seguinte, o mar e o céu tinham desaparecido e a lanterna — que antes mal se via — era a única coisa que indicava onde terminava o barco. Em frente da lanterna avistou a silhueta escura de Drínian inclinado sobre a cana do leme. Por baixo dela, os dois archotes permitiam divisar duas pequenas zonas da coberta e incidiam em espadas e elmos e, mais à frente, havia outra ilha de luz no castelo da proa. À parte isso, o cesto da gávea, iluminado pela lanterna do mastro real que ficava logo acima, assemelhava-se a um pequeno mundo iluminado a navegar sozinho por entre as trevas. E as próprias luzes, como sempre acontece quando temos de as ter acesas durante a altura errada do dia, pareciam pálidas e sinistras. Lucy também se apercebeu de que fazia muito frio.

Quanto tempo durou essa viagem para dentro das trevas ninguém soube. Se não fosse o ranger dos remos nos toletes e o barulho que faziam a cortar a água, não haveria indícios de que estavam a avançar. Edmund, a espreitar da proa, não via nada a não ser o reflexo da lanterna na água à sua frente. Dir-se-ia um reflexo oleoso e a pequena ondulação feita pela proa a avançar parecia pesada e inerte. À medida que o tempo ia passando, todos, excepto os remadores, começaram a tiritar de frio.

De súbito, vindo de algures — nessa altura já ninguém conseguia orientar-se — ouviu-se um grito vindo ou de uma voz que não era humana, ou de alguém tomado por tal extremo de terror que quase perdera a sua humanidade.

Caspian ainda estava a tentar falar — tinha a boca demasiado seca — quando se ouviu a voz aguda de Ripitchip, que soou ainda mais penetrante naquele silêncio:

— Quem chama? Se és um inimigo, não te tememos; e se és um amigo, os teus inimigos vão aprender a temer-nos.

— Tenham piedade! — gritou a voz. — Ainda que não passem de mais um sonho, tenham piedade! Levem-me para bordo. Levem-me daqui, nem que seja para me matarem. Mas tenham compaixão e não desapareçam, não me deixem nesta terra horrível.

— Onde estás? — gritou Caspian. — Serás bem-vindo a bordo.

Ouviu-se outro grito, de alegria ou de terror, e depois perceberam que havia alguém a nadar ao seu encontro.

— Preparem-se para o içar — ordenou Caspian.

— Sim, sim, Majestade — responderam os marinheiros.

Foram muitos os que acorreram ao baluarte de bombordo com cordas, enquanto um marinheiro, inclinado para fora da amurada, segurava uma tocha. Um rosto lívido e desvairado surgiu na escuridão da água e, depois de uma certa confusão e de puxarem com quantas forças tinham, uma dezena de mãos solícitas haviam içado o desconhecido para bordo.

Edmund pensou que nunca vira um rosto com uma expressão tão aterrorizada. Embora o homem não parecesse muito velho, o seu cabelo sujo e desgrenhado era branco, o rosto magro e tenso e, no que dizia respeito a roupa, só tinha uns farrapos a cobri-lo. Mas o que mais saltava à vista eram os olhos, tão abertos que parecia não terem pálpebras, esbugalhados como no desespero do terror mais intenso. No momento em que os seus pés tocaram a coberta, exclamou:

— Fujam! Fujam! Virem o barco e partam daqui! Remem, remem, para não perderem a vida nesta terra maldita.

— Acalma-te — aconselhou Ripitchip — e diz-nos qual é o perigo. Não é nosso hábito fugir.

O desconhecido teve um sobressalto terrível ao ouvir a voz do Rato, de cuja presença ainda não se apercebera.

— No entanto, daqui vão fugir — disse em voz entrecortada. — Esta é a Ilha onde os Sonhos se tornam reais.

— É a ilha que procuro há tanto tempo — afirmou um dos marinheiros. — Calculei que, se desembarcasse aqui, iria descobrir que afinal casei com a Nancy.

— E eu descobriria que o Tom estava outra vez vivo — disse outro.

— Insensatos! — exclamou o homem, batendo com o pé no chão, furioso. — Foi esse tipo de conversa que me trouxe até aqui e antes me tivesse afogado, ou nunca tivesse nascido. Ouvem o que digo? Este lugar é onde os sonhos, os sonhos, percebem?, se tornam reais. Não os devaneios. Os sonhos.

Seguiu-se cerca de meio minuto de silêncio, após o que, com um grande estrépito de armaduras, toda a tripulação correu para a escotilha principal tão depressa quanto podia e se precipitou para os remos a fim de remar como nunca o fizera antes. E Drínian fazia girar o leme e o mestre do navio marcava a cadência mais vigorosa que já se ouvira no mar. Esse meio minuto fora suficiente para todos se recordarem de certos sonhos que tinham tido, sonhos que faziam uma pessoa ter medo de voltar a adormecer, e para compreenderem o que significaria desembarcar num país onde os sonhos se tornam reais.

Só Ripitchip se manteve inabalável:

— Majestade, Majestade, ireis tolerar este motim, esta cobardia? Isto é um pânico, uma desordem.

— Remem, remem! — gritava Caspian. — Com quantas forças tiverem! O navio está a seguir a direito, Drínian? Diz o que quiseres, Ripitchip, mas há coisas que nenhum homem consegue enfrentar.

— Nesse caso, sou afortunado por não ser homem — retorquiu Ripitchip com uma vénia.

Lá no alto, Lucy ouvira tudo. Num instante, o sonho que mais se esforçara por esquecer voltou-lhe à memória com tanta nitidez como se tivesse acabado de acordar dele. Então era isso que estavam a deixar para trás, na ilha, no meio das trevas?! Durante um segundo desejou descer até à coberta e ficar na companhia de Edmund e Caspian. Mas de que iria servir? Se os sonhos começassem a tornar-se realidade, também eles estariam mergulhados em qualquer coisa horrível quando chegasse junto deles. Segurou-se ao anteparo do cesto da gávea e tentou controlar-se. Os homens remavam em direcção à luz com quantas forças tinham; dentro de segundos, tudo aquilo teria passado. Mas ah, se ao menos pudesse ser nesse mesmo instante!

Embora os remos fizessem muito barulho, este não anulava o silêncio total que rodeava o navio. Todos sabiam que seria melhor não estar atento, não estar à espera de qualquer som saído das trevas. Mas nenhum conseguia impedir-se de o fazer. Em breve todos estavam a ouvir coisas e cada um ouvia uma coisa diferente.

— Ouviste um ruído como... como uma grande tesoura a abrir e a fechar... além? — perguntou Eustace a Rynelf.

— Chiu! — foi a resposta deste. — Estou a ouvi-los trepar pelos flancos do barco.

— Está a dirigir-se para o mastro — disse Caspian.

— Ai! — exclamou um marinheiro. — Lá estão os gongos! Sabia que iam começar.

Caspian, tentando não olhar para nada (principalmente não estar constantemente a olhar para trás), dirigiu-se para junto de Drínian, à popa.

— Quanto tempo levámos a remar? — perguntou em voz baixa. — Quero dizer, a remar até apanharmos o desconhecido?

— Talvez cinco minutos — murmurou Drínian. — Porquê?

— Porque já há mais tempo do que isso estamos a tentar sair daqui.

A mão de Drínian vacilou sobre o leme e um suor frio correu-lhe pelo rosto. A mesma ideia ocorreu a todos a bordo.

— Não vamos conseguir sair daqui — gemeram os remadores. — Ele não está a dirigir bem o barco. Estamos a descrever círculos. Nunca sairemos daqui.

O desconhecido, que se deixara cair como um monte de farrapos na coberta, sentou-se e soltou uma gargalhada terrível.

— Nunca sairemos daqui! — gritou. — É isso. Claro. Não vamos sair daqui. Que estúpido fui por ter pensado que me deixariam partir com essa facilidade toda. Não, não, nunca conseguiremos sair daqui.

Lucy apoiou a testa sobre a beira do cesto da gávea e murmurou:

— Aslan, Aslan, se alguma vez nos amaste, ajuda-nos agora.

A escuridão não diminuiu, mas ela começou a sentir-se um pouco, muito, muito pouco melhor. «Afinal, ainda não nos aconteceu nada», pensou.

— Olhem! — exclamou Rynelf em voz rouca.

À frente deles surgira uma pequena mancha de luz e, enquanto a observavam, um largo feixe vindo dela incidiu no navio. Não alterou a escuridão que os rodeava, mas todo o barco ficou iluminado como pela luz de um holofote. Caspian pestanejou, olhou em redor, viu os rostos dos companheiros com expressões desvairadas e de olhar fixo. Todos olhavam na mesma direcção: atrás de cada um estendia-se a sua sombra negra de nítidos contornos.

Lucy olhou ao longo do raio de luz e acabou por ver qualquer coisa nele. A princípio pareceu-lhe uma cruz, depois um avião, em seguida um papagaio de papel até que, finalmente, com um bater de asas, ficou mesmo por cima deles e viram que se tratava de um albatroz. Depois de descrever três círculos à volta do mastro empoleirou-se durante um instante na crista do dragão dourado da proa. Soltou um grito numa voz doce e forte, em que parecia haver palavras, embora ninguém as percebesse. Seguidamente abriu as asas, ergueu-se no ar e começou a voar lentamente à frente do barco, um pouco para estibordo. Drínian seguiu-o, não duvidando de que a ave os guiava. Mas ninguém, a não ser Lucy, sabia que, ao descrever os círculos à volta do mastro, murmurara: «Coragem, minha querida»; que aquela voz, sem sombra de dúvida, era de Aslan e que, quando este falara, um cheiro delicioso lhe aflorara ao rosto.

Dentro de poucos momentos, as trevas à sua frente transformaram-se em penumbra e depois, quase antes de ousarem começar a ter esperança, estavam em plena luz do Sol, de novo num mundo quente e azul. E imediatamente todos perceberam que não havia nem houvera nada a recear. Piscaram os olhos e olharam em redor. A própria nitidez do barco surpreendeu-os: estavam à espera de descobrir que as trevas tinham ficado coladas ao branco, ao verde e ao dourado, sob a forma de qualquer espuma encardida. E, um após outro, começaram a rir.

— Acho que fizemos figura de parvos — admitiu Rynelf.

Lucy não demorou a descer para a coberta, onde encontrou os outros reunidos à volta do recém-chegado. Durante muito tempo, este sentiu-se feliz de mais para falar, limitando-se a fitar o mar e o sol e a apalpar os baluartes e o cordame, como que para se certificar de que estava mesmo acordado, enquanto as lágrimas lhe rolavam pelas faces.

— Obrigado — disse por fim. — Salvaram-me de... Mas, não vou falar disso. E agora digam-me quem são. Eu sou, um telmarino de Nárnia e, quando valia qualquer coisa, chamavam-me Rhup.

— E eu sou Caspian, Rei de Nárnia, e fiz-me ao mar para vos encontrar e aos vossos companheiros, que éreis amigos do meu pai.

O Senhor de Rhup caiu de joelhos e beijou a mão do Rei, dizendo:

— Majestade, vós sois o homem que eu mais desejava ver no mundo. Concedei-me apenas uma mercê.

— De que se trata? — perguntou Caspian.

— Nunca mais me trazerdes para aqui — disse, apontando para trás.

Olharam todos, mas tudo o que viram foi um mar e um céu de um azul-intenso. A ilha das trevas e a escuridão haviam-se desvanecido para sempre.

— Olhem! — exclamou o Senhor de Rhup. — Haveis destruído a ilha!

— Não creio que tenhamos sido nós — opinou Lucy.

— Majestade — disse Drínian —, este vento é favorável para seguirmos rumo a sudeste. Posso dizer aos nossos pobres companheiros que subam e icem a vela? E, depois disso, cada homem que não for indispensável pode ir descansar para a rede.

— Sim — respondeu Caspian. — E mande preparar um grogue para toda a gente. Aiii-óóó, também me sinto capaz de dormir um dia inteiro.

E assim, durante toda a tarde, com grande alegria, rumaram para sudeste, impelidos por um vento favorável. Mas ninguém reparou quando o albatroz desapareceu.

13

OS TRÊS ADORMECIDOS

O vento nunca parou, mas de dia para dia ia ficando mais suave, até que, com o correr do tempo, as vagas se transformaram em pouco mais do que uma pequena ondulação e o barco passou a deslizar como se estivessem a vogar num lago. Todas as noites viam surgir a oriente novas constelações que nunca ninguém vira em Nárnia e que talvez, como Lucy pensou com um misto de alegria e temor, nunca ninguém tivesse visto. Aquelas novas estrelas eram grandes e brilhantes e as noites, quentes. Quase todos dormiam na coberta, conversavam até altas horas e debruçavam-se da amurada a ver a dança luminosa da espuma produzida pela proa a cortar a água.

Num entardecer de uma beleza deslumbrante, quando o ocaso atrás deles era tão carmesim e púrpura e de tal modo vasto que o próprio céu parecia ter-se tornado maior, avistaram terra a estibordo. Esta aproximou-se lentamente e a luz atrás deles fazia que todos os cabos e promontórios desse novo país parecessem incandescentes. Mas, por fim, começaram a vogar ao longo da costa e o cabo ocidente erguia-se agora por detrás deles, negro contra o céu vermelho, e nítido, como se fosse recortado em cartão.

Foi então que conseguiram ver melhor como era aquela região. Não tinha montanhas, mas muitas colinas suaves com encostas como almofadas, que exalavam um odor agradável, aquilo a que Lucy chamava «um cheiro ténue, de cor púrpura», o que Edmund dizia (e Rhince pensava) ser um disparate, mas a que Caspian respondia: «Sei o que queres dizer.»

Avançaram mais um bom bocado, passando ponta após ponta, à espera de encontrarem um porto agradável e bem abrigado; mas por fim tiveram de se contentar com uma baía larga e pouco profunda. Embora ao largo o mar estivesse calmo, havia um pouco de rebentação na areia e não puderam levar o *Caminheiro da Alvorada* até aonde queriam. Lançaram âncora longe da praia e tiveram um desembarque confuso e molhado no bote. O Senhor de Rhup ficou a bordo do *Caminheiro da Alvorada,* pois não sentia vontade de ver mais ilhas. Durante todo o tempo que permaneceram nessa região, o som da rebentação ecoou-lhes nos ouvidos.

Dois homens ficaram a guardar o bote e Caspian conduziu os outros até ao interior da ilha, não muito longe, pois era demasiado tarde para a explorarem e a luz em breve desapareceria. Mas não foi necessário afastarem-se muito para terem uma aventura. O vale plano que se encontrava junto da baía não tinha estradas, caminhos, nem sinais de ser habitado. Sob os seus pés havia uma bela erva salpicada aqui e ali por arbustos, que Edmund e Lucy pensaram ser urze. Eustace, que era bastante bom em botânica, disse que não era urze e, provavelmente, tinha razão; no entanto, era algo muito semelhante.

Ainda não se tinham afastado muito da praia quando Drínian exclamou:

— Olhem! Que é aquilo?

Todos pararam.

— Serão árvores grandes? — perguntou Caspian.

— Torres, acho eu — respondeu Eustace.

— Talvez sejam gigantes — sugeriu Edmund em tom mais baixo.

— A única maneira de descobrir é irmos até lá — disse Ripitchip, desembainhando a espada e partindo à frente de todos os outros.

— Julgo que são ruínas — alvitrou Lucy quando já estavam muito mais perto; e a sua sugestão pareceu a melhor que tinha sido feita até aí. O que agora viam era um vasto espaço oblongo salpicado de pedras lisas e rodeado por grandes pilares, mas sem tecto. E, de um extremo ao outro, corria uma grande mesa coberta com uma bela toalha carmesim que quase chegava ao chão. De cada lado da mesa havia muitas cadeiras de pedra ricamente trabalhadas e com almofadas de seda. Em cima da mesa estava servido um banquete como nunca tinham visto, nem sequer na corte de Peter, o Rei Supremo, em Cair Paravel. Havia perus, patos e pavões, cabeças de javali e lombos de veado, grandes empadas com a forma de barcos de velas desfraldadas ou de dragões e elefantes, pudins gelados, lagostas de cor viva e salmões cintilantes, nozes e uvas, ananases e pêssegos, romãs, melões e tomates. Havia garrafas de ouro, de prata e de vidro curiosamente trabalhado; e o odor dos frutos e do vinho chegava até eles como uma promessa de felicidade total.

— Esta agora! — exclamou Lucy.

Aproximaram-se mais, sem fazerem ruído.

— Mas onde estão os convidados? — perguntou Eustace.

— Isso podemos nós fornecer, Majestade — respondeu Rhince.

— Olhem! — exclamou Edmund de súbito.

Agora encontravam-se entre os pilares. Todos olharam para onde Edmund apontara. Nem todas as cadeiras estavam vazias. À cabeceira da mesa e nos dois lugares aos lados desta havia qualquer coisa... ou, possivelmente, três coisas.

— Que é aquilo? — perguntou Lucy baixinho. — Parecem três castores sentados à mesa.

— Ou um enorme ninho — sugeriu Edmund.

— Parece-me mais uma meda de feno — aventou Caspian.

Ripitchip deu uma corrida, saltou para cima de uma cadeira e daí para a mesa, correu ao longo desta, com passinhos tão ligei-

ros como os de um dançarino, entre taças recamadas de jóias, pirâmides de frutos e saleiros de marfim. Correu direito à forma cinzenta e misteriosa, espreitou, tocou-lhe e depois gritou:

— Acho que estes não vão dar luta.

Nessa altura todos se aproximaram e viram que quem estava sentado nas cadeiras eram três homens, embora fosse difícil reconhecer que se tratava de seres humanos até se olhar com bastante atenção. O cabelo, que era grisalho, caía-lhes sobre os olhos até quase lhes ocultar os rostos e as barbas cobriam a mesa, trepando retorcidas à volta de pratos e de taças, como silvas enredadas numa sebe, até que, todas misturadas num grande tapete de pêlos, ultrapassavam o bordo da mesa e chegavam ao chão. E o cabelo caía sobre as costas das cadeiras, que deste modo ficavam completamente ocultas. Na realidade, os três homens eram quase só cabelo.

— Estão mortos? — perguntou Caspian.

— Acho que não, Majestade — respondeu Ripitchip, erguendo, com as patinhas, uma das mãos dos três homens de entre aquele emaranhado de cabelos. — Este está quente e sinto-lhe o pulso.

— E estes também — confirmou Drínian.

— Estão só a dormir — concluiu Eustace.

— Mas olhem que deve ter sido um grande sono — comentou Edmund —, para o cabelo lhes crescer assim tanto.

— Deve ser um sono encantado — sugeriu Lucy. — No momento em que desembarcámos nesta ilha, senti que ela estava cheia de magia. Oh, acham que viemos até aqui para quebrar o encanto?

— Podemos tentar — disse Caspian, que começou a abanar a figura adormecida que se encontrava mais próxima. Durante um momento todos pensaram que aquilo iria dar resultado, pois o homem respirou fundo e resmoneou:

— Não vou mais para leste. Aos remos e regressemos a Nárnia.

Porém, quase imediatamente, voltou a cair num sono ainda mais profundo, ou seja, a sua cabeça pesada aproximou-se mais uns centímetros da mesa e todos os esforços para o despertar foram em vão. Com o segundo passou-se o mesmo.

— Não nascemos para viver como animais. Voltem para leste enquanto podem... terras para além do Sol — disse, antes de deixar cair a cabeça.

— Mostarda, por favor — limitou-se a dizer o terceiro, antes de voltar a adormecer mais profundamente ainda.

— Com que então, «aos remos e regressemos a Nárnia», não é? — comentou Drínian.

— Sim — disse Caspian —, acho que a nossa demanda está a chegar ao fim, Drínian. Vamos ver os anéis deles. Sim, cá estão os seus emblemas. Este é o Senhor de Revílian, este, o Senhor de Argoz e este, o Senhor de Mavramorn.

— Mas não conseguimos acordá-los. Que havemos de fazer? — perguntou Lucy.

— Peço perdão a Vossas Majestades — interveio Rhince —, mas por que não comemos enquanto discutimos isto? Não é todos os dias que se tem um repasto como este.

— Nem sequer uma vez na vida! — exclamou Caspian.

— É verdade, é verdade — concordaram vários marinheiros. — Aqui há magia. Quando mais depressa voltarmos para bordo, melhor.

— Talvez fosse por comerem esta comida que estes três Senhores adormeceram durante sete anos — sugeriu Ripitchip.

— Eu não lhe tocaria nem para salvar a vida — afirmou Drínian.

— É estranho, mas a luz está a desaparecer muito depressa — observou Rynelf.

— Vamos voltar para o barco — resmungaram os homens.

— Acho que eles têm razão — concordou Edmund. — Amanhã podemos decidir o que fazer com os três adormecidos. Não nos atrevemos a comer e de nada serve ficarmos aqui durante a noite. Este lugar cheira a magia... e a perigo.

— Estou inteiramente de acordo com o Rei Edmund — disse Ripitchip — no que se refere à tripulação deste barco em geral. Mas, pela parte que me toca, vou ficar sentado a esta mesa até raiar a aurora.

— Mas porquê? — perguntou Eustace.

— Porque esta é uma grande aventura — respondeu o Rato — e não me parece haver perigo maior do que saber, quando regressar a Nárnia, que por medo deixei atrás de mim um mistério.

— Eu fico contigo, Rip — declarou Edmund.

— E eu também — disse Caspian.

— E eu — afirmou Lucy.

Depois, também Eustace se ofereceu como voluntário.

Isto foi muito corajoso da sua parte, pois o facto de nunca ter lido nem ouvido nada de semelhante até chegar ao *Caminheiro da Alvorada* fazia que aquilo fosse pior para ele do que para os outros.

— Suplico-vos, Majestade... — começou Drínian a dizer.

— Não — retorquiu Caspian. — O vosso lugar é no barco e tivestes um dia de trabalho, enquanto nós cinco preguiçámos.

Houve uma grande discussão a este respeito, mas, por fim, Caspian acabou por levar a sua avante. Enquanto a tripulação se dirigia para o barco ao lusco-fusco, nenhum dos cinco, excepto talvez Ripitchip, conseguia evitar uma sensação desagradável no estômago.

Levaram algum tempo a escolher os seus lugares à mesa perigosa. Provavelmente cada um era movido pelas mesmas razões, mas ninguém as dizia em voz alta, pois a escolha era de facto difícil. Era quase insuportável passar a noite sentados junto daquelas três figuras horríveis e cabeludas, que, se não estavam mortas, também não estavam vivas no sentido comum do termo. Por outro lado, ficar sentado na outra ponta, de modo a vê-las cada vez menos à medida que a noite ia escurecendo, sem saber se se estavam a mover, e talvez deixando de as ver completamente por volta das duas horas... não, era impensável. Por isso andavam ao redor da mesa a dizer: «E se fosse aqui?», e «Ou talvez um pouco mais longe», ou «Por que não deste lado?», até que, por fim, se instalaram a meio, mas mais perto dos homens adormecidos do que da outra extremidade. Agora era cerca das dez horas e estava quase escuro. As novas e estranhas constelações luziam a oriente. Lucy teria preferido que fossem o Leopardo, o Barco e outros velhos amigos do céu narniano.

Embrulharam-se nas capas e sentaram-se imóveis, à espera. A princípio tentaram conversar, mas depressa desistiram. Ficaram sentados durante um tempo que lhes pareceu infinito, sem pararem de ouvir as ondas rebentando na praia.

Decorridas horas que lhes pareceram séculos, houve um momento em que todos souberam que tinham dormido durante um instante antes de ficarem de súbito muito despertos. As estrelas estavam todas em posições muito diferentes das que tinham observado da última vez. O céu estava muito escuro, à excepção de um ligeiro tom cinzento a oriente. Sentiam-se com frio, com sede e entorpecidos. E nenhum proferia palavra, porque agora, por fim, qualquer coisa estava a acontecer.

Diante deles, por detrás dos pilares, erguia-se uma colina. Foi então que uma porta se abriu na encosta, uma luz surgiu na soleira, uma figura saiu e a porta se fechou atrás dela. A figura transportava uma luz, que era tudo o que conseguiam ver distintamente. Aproximou-se lentamente até por fim se encontrar junto da mesa do lado oposto ao deles. Agora viam que se tratava de uma rapariga alta, envergando uma túnica azul-clara até aos pés e que lhe deixava os braços nus. Tinha a cabeça descoberta e o cabelo louro caía-lhe pelas costas. E, quando olharam para ela, pensaram que anteriormente não sabiam o que significava beleza.

A luz que a rapariga levava era uma grande vela, que colocou sobre a mesa. Se nessa noite tinha havido vento a soprar do mar, agora parara, pois a chama da vela ardia tão imóvel como se estivessem numa sala com as janelas fechadas e as cortinas corridas. O ouro e a prata cintilavam à sua luz em cima da mesa.

Foi então que Lucy reparou em qualquer coisa deitada, ao comprido na mesa, que anteriormente escapara à sua atenção. Era uma faca de pedra, afiada como aço, um objecto de aspecto antigo e cruel.

Ainda ninguém proferira uma palavra. Então (Ripitchip primeiro, Caspian a seguir), todos se puseram de pé, pois sentiram que se tratava de uma grande senhora.

— Viajantes que chegástes de longe à mesa de Aslan — interpelou a rapariga —, por que não comeis e bebeis?

— Senhora, receámos a comida, porque pensámos que tinha lançado os nossos amigos num sono encantado — replicou Caspian.

— Eles nunca a provaram.

— Por favor, que lhes aconteceu? — perguntou Lucy.

— Há sete anos — explicou a rapariga —, chegaram aqui num barco com as velas esfarrapadas e cujo casco se estava quase a desfazer. Havia mais uns quantos com eles, marinheiros, e, quando chegaram junto desta mesa, um deles disse: «Aqui está um bom lugar. Vamos parar de navegar, de içar as velas e de remar e sentemo-nos aqui para acabar em paz os nossos dias!» E o segundo retorquiu: «Não, vamos tornar a embarcar e partir para Nárnia e para oeste; talvez Miraz já esteja morto.» Mas o terceiro, que era um homem dominador, pôs-se de pé de um salto e disse: «Não, pelos Céus. Somos homens e telmarinos, não somos animais. Que devemos fazer senão procurar aventura após aventura? Não nos resta muito tempo de vida. Vamos passá-lo em busca do mundo despovoado para lá do Sol-nascente.» E, enquanto discutia, pegou na faca de pedra, que está aqui em cima da mesa, disposto a lutar com os seus camaradas. Mas é uma coisa em que não tinha o direito de tocar. Quando os seus dedos se fecharam sobre o cabo, os três foram tomados por um sono profundo. E até o encanto ser quebrado nunca mais acordarão.

— Que Faca de Pedra é esta? — perguntou Eustace.

— Nenhum de vocês sabe? — admirou-se a rapariga.

— Eu... acho que sei — respondeu Lucy. — Já vi qualquer coisa parecida. Há muito tempo, foi uma faca como esta que a Bruxa Branca usou para matar Aslan na Mesa de Pedra.

— É essa mesma — confirmou a rapariga. — E foi trazida para aqui a fim de ser venerada enquanto o mundo for mundo.

Foi então que Edmund, que durante os últimos minutos parecia cada vez menos à vontade, falou:

— Espero não ser cobarde... por causa de não querer comer esta comida... Não quero ser mal-educado, mas tivemos uma

quantidade de aventuras estranhas nesta viagem e as coisas nem sempre são o que parecem. Quando olho para o seu rosto, não posso deixar de acreditar no que diz: mas isso é o que pode acontecer com uma bruxa. Como iremos saber que é nossa amiga?

— Não podem saber. Só podem acreditar ou não acreditar.

Depois de uma breve pausa ouviu-se a vozinha de Ripitchip:

— Majestade — disse, dirigindo-se a Caspian —, fazei-me o favor de encher a minha taça com vinho dessa garrafa, pois é grande de mais para ser eu a pegar-lhe. Vou beber à saúde desta senhora.

Caspian obedeceu e o Rato, de pé em cima da mesa, ergueu a taça dourada entre as suas patinhas minúsculas e disse:

— Brindo à vossa saúde, senhora. — Depois atirou-se ao pavão frio e não tardou que os outros lhe seguissem o exemplo. Estavam todos com muita fome e a refeição, embora não fosse o que desejariam para um pequeno-almoço, era excelente como ceia.

— Por que se chama mesa de Aslan? — perguntou Lucy por fim.

— Foi colocada a seu pedido — explicou a jovem —, para os que chegam até aqui. Há quem chame a esta ilha o Final do Mundo, pois, embora se possa navegar para mais longe, isto é o princípio do fim.

— Mas como se conservam os alimentos? — perguntou Eustace com o seu espírito prático.

— São comidos e renovados todos os dias. Já vão ver.

— E que vamos fazer com os adormecidos? — perguntou Caspian. — No mundo de onde vêm os meus amigos — prosseguiu, fazendo um aceno em direcção de Eustace e dos Pevensies — há uma história de um príncipe ou de um rei que chega a um castelo onde toda a gente está a dormir um sono encantado. Nessa história, ele só conseguiu quebrar o encanto depois de beijar a princesa.

— Mas aqui é diferente — retorquiu a rapariga. — Aqui, ele só pode beijar a princesa depois de ter quebrado o encanto.

— Então — disse Caspian —, em nome de Aslan, mostrai-me como hei-de fazer isso.

— Será o meu pai a ensinar-vos — disse a rapariga.

— O seu pai?! — exclamaram todos. — Quem é ele? Onde está?

— Olhai — disse a jovem virando-se e apontando para a porta na encosta da colina.

Agora viam com mais nitidez, pois, enquanto tinham estado a falar, o brilho das estrelas havia diminuído e no céu cinzento a oriente surgiam grandes abertas de uma luz branca.

14

O PRINCÍPIO DO FINAL DO MUNDO

Devagarinho, a porta abriu-se de novo e dela saiu uma figura tão alta e aprumada, embora não tão esguia, como a rapariga. Não trazia na mão nenhuma luz, mas esta parecia irradiar dela. Quando já estava mais próxima, Lucy viu que se tratava de um homem já idoso. A sua barba de prata chegava-lhe aos pés, o cabelo tocava-lhe os calcanhares e a túnica que envergava parecia feita da lã de carneiros de prata. Tinha uma expressão tão serena e grave que, mais uma vez, todos os viajantes se puseram de pé e permaneceram em silêncio.

Mas o Ancião aproximou-se deles sem dizer palavra e ficou do outro lado da mesa, em frente da filha. Depois, ambos ergueram os braços e se viraram para oriente. Nessa posição, começaram a cantar. Gostaria de escrever os versos da canção, mas nenhum dos presentes a conseguiu memorizar. Mais tarde Lucy disse que era de um timbre alto, quase agudo, mas muito bela, «uma canção fria, uma canção para cantar de manhã cedo». Enquanto cantavam, as nuvens cinzentas dissiparam-se no céu a oriente e as aberturas brancas tornaram-se maiores, até todo o céu ficar branco e o mar começar a cintilar como prata. E muito tempo depois (sem que os dois parassem de cantar) o Oriente começou a tingir-se de vermelho e, por fim, já sem que houvesse nuvens, o Sol surgiu do mar e os seus raios incidiram sobre a mesa, sobre o ouro e a prata e sobre a faca de pedra.

Uma ou duas vezes antes já os narnianos se tinham perguntado se o Sol, ao nascer naquelas paragens, não parecia maior do que no sítio de onde tinham vindo. Dessa vez tiveram a certeza de que assim era. Não havia engano possível. E o brilho dos seus raios a incidir no orvalho e na mesa era muito mais intenso do que qualquer outra luz matinal que já tivessem visto. Como Edmund disse mais tarde: «Embora tivesse acontecido uma quantidade de coisas mais emocionantes nessa viagem, esse momento foi o mais deslumbrante.» Isto porque agora sabiam ter chegado ao princípio do Final do Mundo.

Foi nessa altura que qualquer coisa pareceu voar até junto deles vinda do centro do sol-nascente, embora ninguém pudesse olhar nessa direcção para ter a certeza. Mas, por fim, o ar ficou cheio de vozes — vozes que entoavam a mesma canção que a Senhora e o seu Pai tinham cantado, mas com um timbre muito mais intenso e numa língua que ninguém conhecia. Não tardou a que todos pudessem ver os donos dessas vozes. Eram aves, grandes e brancas, que acorriam às centenas, poisando em tudo; na erva, no chão, na mesa, nos ombros, nas mãos e nas cabeças, até parecer que tinha caído um nevão. E, tal como a neve, não só cobriam tudo de branco, como tornavam todas as formas indistintas e de contornos indefinidos. Mas Lucy, olhando por entre as asas das aves que a cobriam, viu uma delas voar até junto do Ancião com uma coisa no bico semelhante a um pequeno fruto, a menos que fosse um pedacinho de carvão incandescente, pois era demasiado brilhante para que se pudesse fitar. E a ave depositou o que transportava na sua boca.

Seguidamente, as aves interromperam o seu canto e pareceram afadigar-se à volta de mesa. Quando voltaram a levantar voo, todos os alimentos e bebidas haviam desaparecido. As centenas ou milhares de aves afastaram-se, levando tudo o que não podia ser comido nem bebido, como ossos, espinhas, cascas e conchas, em direcção ao Sol-nascente. Mas agora, como não estavam a cantar, o adejar das suas asas parecia fazer vibrar todo o ar. E a mesa ficou limpa e vazia, enquanto os três Senhores de Nárnia continuavam a dormir profundamente.

Só então o Ancião se virou para os viajantes e lhes deu as boas-vindas.

— Importais-vos de nos dizer como havemos de quebrar o encanto que mantém a dormir estes três Senhores de Nárnia? — pediu Caspian.

— De bom grado o farei, meu filho — respondeu o Ancião. — Para quebrar o encanto, terás de navegar até ao Final do Mundo, ou até tão próximo dele quanto conseguires; e terás de regressar depois de teres deixado lá pelo menos um dos que te acompanham.

— E que lhe acontecerá? — perguntou Ripitchip.

— Terá de prosseguir até ao extremo leste e nunca mais regressará a este mundo.

— Esse é o desejo do meu coração — retorquiu Ripitchip.

— E agora estamos perto do Final do Mundo? — perguntou Caspian. — Conheceis mares e terras mais distantes do que estes?

— Vi-os há muito tempo — respondeu o Ancião —, embora de uma grande altitude. Não sei dizer-vos as coisas que os marinheiros precisam de saber.

— Quer dizer que ia a voar? — perguntou Eustace entusiasmado.

— Estava muito acima pelo ar, meu filho. Sou Ramandu. Mas vejo que olhais uns para os outros como quem nunca ouviu este nome. E não é de admirar, pois os dias em que eu era uma estrela findaram há muito, antes de qualquer de vós virdes ao mundo, e todas as constelações mudaram.

— Caramba! — exclamou Edmund. — Ele já foi uma estrela!

— E já não sois? — perguntou Lucy.

— Sou uma estrela em repouso — respondeu Ramandu. — Quando desci no ocaso pela última vez, mais velho e decrépito do que podeis imaginar, fui transportado para esta ilha. Não sou tão velho agora como era nessa altura. Todas as manhãs uma ave me traz uma baga de abeto dos vales do Sol e cada uma dessas bagas elimina um pouco da minha idade. E, quando me tornar tão jovem como a criança que nasceu ontem, voltarei a elevar-me no ocaso (pois estamos no extremo oriente da Terra) e executarei mais uma vez os passos da grande dança.

— No nosso mundo, uma estrela é uma grande bola de gás incandescente — explicou Eustace.

— Mesmo no vosso mundo, meu filho, isso não é o que uma estrela é, mas apenas aquilo de que é feita. E neste mundo já haveis encontrado uma estrela, pois penso que tereis estado com Koriakin.

— Também ele é uma estrela em repouso? — perguntou Lucy.

— Bom, não precisamente — respondeu Ramandu. — Não foi propriamente para repousar que o puseram a governar os Patetas. Podem chamar-lhe um castigo. Se tudo tivesse corrido bem, poderia ter ficado mais uns milhares de anos no céu setentrional.

— Que fez ele? — perguntou Caspian.

— Tu, que és um Filho de Adão, não tens o direito de saber as faltas que uma estrela comete, meu filho — respondeu Ramandu. — Mas não percamos tempo com conversas. Já decidiste? Vais continuar a navegar para oriente e regressar de novo, deixando um companheiro que nunca mais voltará, para assim quebrares o encanto? Ou preferes vogar para oeste?

— Sem sombra de dúvida faz parte da nossa missão quebrar o encanto para resgatar estes três Senhores — retorquiu Ripitchip.

— Eu penso o mesmo, Ripitchip — anuiu Caspian. — E, ainda que assim não fosse, partir-me-ia o coração não ir até tão próximo do Final do Mundo quanto o *Caminheiro da Alvorada* nos puder levar. Mas estou a pensar na tripulação. Comprometeram-se a procurar os sete Senhores, e não a chegar ao Final da Terra. Se navegarmos para oriente, será para encontrar o extremo leste. E ninguém sabe a que distância fica. Eles são corajosos, mas tenho indícios de que alguns deles estão cansados da viagem e desejosos de ver de novo a proa do nosso navio apontada para Nárnia. Não creio que deva levá-los mais longe sem o seu conhecimento e acordo. E depois há o pobre Senhor de Rhup. É um homem acabado.

— Meu filho — disse o Ancião —, seria inútil, mesmo que o desejasses, navegar até ao Final do Mundo com homens contrariados ou desiludidos. Não é assim que se conseguem quebrar encantos. Eles têm de saber para onde vão e porquê. Mas quem é esse homem acabado de que falaste?

Caspian contou-lhe a história de Rhup.

— Posso dar-lhe aquilo de que mais precisa — afirmou Ramandu. — Nesta ilha há sono sem limites e sem medida e em que nunca se ouviu falar do mais ténue vestígio de um sonho. Deixem-no sentado junto dos outros três a beber o esquecimento até ao vosso regresso.

— Oh, vamos fazer isso, Caspian — pediu Lucy. — Estou certa de que é mesmo o que ele gostaria de ter.

Nesse momento foram interrompidos pelo som de muitas passadas e vozes: Drínian e o resto da tripulação do barco estavam a aproximar-se. Detiveram-se supreendidos ao verem Ramandu e a filha; em seguida, por serem tão obviamente pessoas importantes, todos os homens descobriram a cabeça. Alguns marinheiros olharam contristados para os pratos e garrafas vazios que se encontravam em cima da mesa.

— Por favor, envie dois homens ao *Caminheiro da Alvorada* com uma mensagem para o Senhor de Rhup — pediu Caspian a Drínian. — Digam-lhe que os seus últimos companheiros de bordo estão aqui adormecidos, mergulhados num sono sem sonhos que ele pode partilhar.

Depois de esta ordem ter sido cumprida, Caspian disse aos restantes homens que se sentassem e expôs-lhes a situação. Quando acabou, houve um silêncio prolongado e alguns murmúrios, até que, por fim, o Mestre de Bordo se pôs de pé e disse:

— O que alguns de nós estão com vontade de perguntar há muito tempo, Majestade, é como regressaremos quando mudarmos de rumo, aqui ou em qualquer outro sítio. Tem estado sempre vento de oeste ou de noroeste, à excepção de um ou outro dia de calmaria. E, se isso não mudar, gostava de saber que esperanças teremos de voltar a ver Nárnia. Não há grandes hipóteses de as provisões durarem se remarmos durante todo o caminho.

— Isso não é conversa de marinheiro — comentou Drínian. — Nestas paragens predomina sempre o vento de oeste durante o fim do Verão, mas isso muda sempre depois do Ano Novo. Teremos muito vento para navegar para oeste, até mais do que gostaríamos.

— Isso é verdade — respondeu um velho marinheiro que era natural de Gálmia. — Há mau tempo que vem do leste em Janeiro e Fevereiro. E não leve a mal que lhe diga que, se fosse eu a comandar este barco, diria para ficarmos aqui e iniciarmos a viagem de regresso em Março.

— E que comeriam enquanto aqui estivessem? — perguntou Eustace.

— Todos os dias ao pôr do Sol esta mesa fica cheia com um banquete real.

— Isso é que é falar! — exclamaram vários marinheiros.

— Majestades, senhoras e senhores — declarou Rynelf —, há só uma coisa que quero dizer. Nenhum de nós foi compelido a empreender esta viagem. Somos todos voluntários. E há alguns aqui que não desfitam aquela mesa e que estão a pensar em banquetes, mas que falavam de aventuras no dia em que partimos de Cair Paravel e juraram não regressar até encontrarmos o extremo do mundo. E outros, que ficaram no cais, teriam dado tudo o que tinham para vir connosco. Nessa altura considerava-se melhor ter um beliche no *Caminheiro da Alvorada* do que usar um cinto de cavaleiro. Não sei se me faço entender. Mas o que estou a dizer é que quem partiu como nós vai fazer figura de tolo, como esses Patetópodes, se regressar e disser que chegámos ao princípio do final do mundo e não tivemos coragem de prosseguir.

Alguns marinheiros aplaudiram estas palavras, mas outros disseram que aquilo era só conversa.

— Isto não vai ser muito divertido — segredou Edmund a Caspian. — Que faremos se metade deles se recusar a ir?

— Espera — segredou Caspian por sua vez —, ainda tenho uma cartada para jogar.

— Não vais dizer nada, Rip? — perguntou Lucy baixinho.

— Não. Por que estava Vossa Majestade à espera de que eu falasse? — respondeu Ripitchip numa voz que quase todos ouviram. — Já fiz os meus planos. Enquanto puder, navegarei para leste no *Caminheiro da Alvorada.* Se este não puder continuar, prossigo no meu barquito. Quando este se afundar, nado com as minhas quatro patas. E, quando já não conseguir nadar, se ainda não tiver chegado ao país de Aslan nem transposto a beira do mundo nalguma grande catarata, afundo-me com o nariz virado para o Sol-nascente e Pipicik será o Chefe dos ratos falantes de Nárnia.

— Eu digo o mesmo! — exclamou um marinheiro. — Excepto a parte acerca do barquinho, que não me poderia levar. Não me vou deixar ultrapassar por um rato — acrescentou em voz mais baixa.

Nesta altura Caspian pôs-se de pé de um salto e disse:

— Amigos, acho que não perceberam o nosso objectivo. Falam como se nós vos tivéssemos procurado de chapéu na mão, a mendigar companheiros de bordo. O que se passou não foi nada disso. Eu, os meus reais irmã e irmão, Sir Ripitchip, o valoroso cavaleiro, e o Senhor de Drínian vamos em demanda do extremo do mundo. Será um prazer escolhermos entre vós aqueles que estiverem dispostos a acompanhar-nos e os que considerarmos dignos de um tão magnífico empreendimento. Não dissemos que quem quiser pode ir. É por isso que agora vou ordenar aos Senhores de Drínian e de Rhince que ponderem com todo o cuidado que homens de entre vocês são mais valorosos em combate, marinheiros mais hábeis, de sangue mais puro, mais leais e mais limpos de vida e hábitos, e que nos dêem os seus nomes. — Fez uma pausa e prosseguiu numa voz mais rápida: — Pela juba de Aslan! Acham que o privilégio de verem as últimas coisas não vale nada? Pois bem, cada homem que nos acompanhar receberá o título de «Caminheiro da Alvorada», que legará aos seus descendentes; e, quando desembarcarmos em Cair Paravel na viagem de regresso, terá ouro ou terra suficiente para o tornar rico até ao fim da vida. Agora dispersem pela ilha, todos vós. Daqui a meia hora receberei os nomes que o Senhor de Drínian me trouxer.

Seguiu-se um silêncio envergonhado e a tripulação, depois de muitas vénias, afastou-se, uns numa direcção, outros noutra, mas quase todos em pequenos grupos, a conversarem.

— Vamos agora ocupar-nos do Senhor de Rhup — disse Caspian.

Porém, ao voltar-se para a cabeceira da mesa, viu que este já aí se encontrava. Chegara, silenciosa e discretamente, durante a discussão e estava sentado ao lado do Senhor de Argoz. A filha de Ramandu estava de pé junto dele, como se tivesse acabado de o ajudar a sentar-se na cadeira; o pai encontrava-se atrás dele, com ambas as mãos pousadas na cabeça grisalha de Rhup. Mesmo à luz do dia, as mãos da estrela irradiavam uma ligeira luz prateada. Pairava um sorriso no rosto macilento de Rhup, que estendeu uma das mãos a Lucy e a outra a Caspian. Durante um momento deu a impressão de ir dizer qualquer coisa. Depois, o seu sorriso tornou-se mais radioso, como se estivesse a experimentar uma sensação deliciosa, soltou um prolongado suspiro de satisfação, a cabeça descaiu-lhe e adormeceu.

— Pobre Rhup — disse Lucy. — Estou contente por ele. Deve ter passado por coisas terríveis.

— Nem quero pensar nisso — apoiou Eustace.

Entretanto o discurso de Caspian, talvez coadjuvado por qualquer magia da ilha, estava a surtir o efeito pretendido. Muitos dos que se haviam mostrado ansiosos por acabar ali a viagem reagiam de uma maneira muito diferente perante a perspectiva de serem deixados de fora. E, claro, de cada vez que um marinheiro anunciava que tomara a decisão de pedir licença para continuar, os que não o tinham feito sentiam-se em número cada vez mais reduzido e menos à vontade. Por isso, antes de decorrida a meia hora, estavam positivamente a «engraxar» Drínian e Rhince (pelo menos, era assim que se chamava a isso no meu tempo de escola) para que estes dessem uma boa informação a seu respeito. Dentro em breve restavam apenas três que não queriam ir e envidavam todos os esforços para convencerem os outros a ficarem com eles. E daí a pouco havia apenas um. Por fim, este começou a recear que o deixassem ficar sozinho e mudou também de opinião.

Decorrida a meia hora, precipitaram-se todos para a mesa de Aslan e ficaram de pé junto a uma das cabeceiras, enquanto Drínian e Rhince se sentavam junto de Caspian para lhe mostrar o seu relatório; e Caspian aceitou todos os homens, menos o que mudara de opinião no último momento. O seu nome era Pittencrim e ficou na ilha da estrela durante todo o tempo em que os outros andaram em busca do Final do Mundo, arrependido por não ter ido com eles. Não era o género de homem que gostasse de falar com Ramandu e com a filha (o que era recíproco); além disso, choveu muito e, embora houvesse um banquete maravilhoso em cima da mesa todas as noites, ele não o apreciou grandemente. Disse que lhe dava arrepios estar ali sentado sozinho (quase sempre à chuva) com aqueles quatro Senhores adormecidos na ponta da mesa.

E, quando os outros regressaram, sentiu-se tão isolado que, ao passarem pelas ilhas Solitárias, na viagem de regresso, desertou e foi viver para Calormen, onde contava histórias maravilhosas sobre as suas aventuras no Final do Mundo, até que, por fim, acabou ele próprio por acreditar nelas. Por isso, em certo sentido, pode dizer-se que viveu feliz para sempre. Mas nunca mais pôde ver ratos.

Nessa noite todos comeram e beberam juntos, sentados à grande mesa entre os pilares, onde o banquete surgiu, renovado por Magia. E, na manhã seguinte, o *Caminheiro da Alvorada* fez-se mais uma vez ao mar, depois de as grandes aves terem de novo chegado e partido.

— Senhora — disse Caspian —, espero falar de novo convosco depois de quebrado o encanto.

A filha de Ramandu olhou-o e sorriu.

15

AS MARAVILHAS DO ÚLTIMO MAR

Pouco depois de terem deixado o país de Ramandu começaram a sentir que já tinham navegado para além do mundo. Tudo era diferente. Por um lado, todos descobriram que precisavam de dormir menos. Não sentiam necessidade de ir para a cama nem de comer muito, nem sequer de falar, a não ser em voz baixa. Outra coisa era a luz, que era demasiada. O Sol, quando rompia de manhã, tinha o dobro, se não o triplo, do tamanho habitual. E todas as manhãs (o que provocava em Lucy a mais estranha das sensações) as enormes aves brancas, cantando a sua canção com vozes humanas, numa língua que ninguém conhecia, cortavam o céu sobre as suas cabeças e desapareciam à popa, a caminho do pequeno-almoço na Mesa de Aslan. Um pouco mais tarde regressavam e desapareciam no Poente.

«Esta água tão límpida é maravilhosa!», murmurou Lucy com os seus botões ao inclinar-se a bombordo no princípio da tarde do segundo dia.

E era mesmo. A primeira coisa que lhe chamou a atenção foi um pequeno objecto negro, mais ou menos do tamanho de um sapato, a deslocar-se à mesma velocidade que o barco. Durante um instante pensou que se tratava de alguma coisa a flutuar à superfície. Mas depois aquilo passou por um naco de pão seco que o cozinheiro atirara da cozinha. O bocado de pão parecia ir chocar com a coisa negra, mas tal não aconteceu. Passou por cima dela e Lucy percebeu que o objecto negro não podia estar à superfície. Seguidamente, o objecto negro tornou-se muito maior e voltou ao tamanho normal um momento mais tarde.

Foi então que Lucy se deu conta de que vira uma coisa semelhante acontecer noutro sítio qualquer — embora não se recordasse onde. Levou a mão à testa, franziu o rosto e pôs a língua de fora devido ao esforço que fazia para se lembrar. Por fim conseguiu. Claro! Era como o que se via de um comboio num belo dia de sol. Via-se a sombra negra da carruagem a correr pelos campos à mesma velocidade que o comboio. Depois passava-se por uma ravina; e imediatamente a mesma sombra se aproximava e aumentava, correndo ao longo da erva da encosta. Nessa altura saía-se da ravina e, zás!, lá voltava a sombra negra ao seu tamanho normal e corria ao longo dos campos.

«É a nossa sombra! A sombra do *Caminheiro da Alvorada*», disse para consigo. «A nossa sombra a correr pelo fundo do mar. A água deve ser mais límpida do que pensei! Santo Deus, devo estar a ver o fundo do mar, a uma profundidade enorme.»

Mal acabara de pensar nisso, apercebeu-se de que a grande extensão prateada que durante algum tempo estivera a ver (sem reparar) era, na realidade, a areia do fundo e que todas as manchas mais escuras ou mais claras não eram luzes nem sombras à superfície, mas coisas reais no fundo do mar. Nesse momento, por exemplo, estavam a passar sobre uma forma macia, verde e púrpura, com uma larga faixa cinzento-pálida a serpentear no meio. Mas agora, que sabia que estava no fundo, via-a muito melhor. Conseguia distinguir que certas partes da massa negra eram muito mais elevadas do que outras e ondulavam ligeiramente. «Exactamente como árvores batidas pelo vento», pensou Lucy. «Creio que é disso que se trata. De uma floresta submarina.»

Passaram sobre ela e, por fim, a faixa pálida foi unir-se a outra. «Se eu me encontrasse lá em baixo», pensou Lucy, «aquela faixa seria como uma estrada no meio de um bosque. E aquele sítio onde se junta à outra seria um cruzamento. Oh, quem me dera lá estar! Olha! A floresta está a acabar. E acho que a faixa era mesmo uma estrada! Continuo a vê-la seguindo pela areia. Está de uma cor diferente. E tem marcas na berma, linhas a tracejado. Talvez sejam pedras. E agora está a tornar-se mais larga.»

Mas não estava a ficar mais larga, estava a aproximar-se. Lucy deu-se conta disso devido ao modo como a sombra do barco corria direita a ela. E a estrada — agora estava certa de que se tratava de uma estrada — começara a descrever ziguezagues. Era evidente que estava a trepar por um monte íngreme. E, quando inclinou a cabeça de lado e voltou a olhar, o que viu foi muito semelhante ao que se vê quando se olha para uma estrada acidentada do cimo de um monte. Conseguia mesmo distinguir os raios de sol a incidirem através da água profunda no bosque do vale; e, à distância, tudo se confundia num verde indistinto. Porém, em certos lugares — os que estavam banhados pelo sol, pensou ela — era de um azul-ultramarino.

No entanto, não conseguiu ficar muito tempo a olhar para trás, pois o que se avistava à frente era demasiado interessante. Agora a estrada dava a impressão de ter chegado ao cimo do monte. Vislumbrou qualquer coisa maravilhosa, por sorte banhada pelo sol — pelo menos tanto quanto é possível através de uma grande profundidade de água. Tinha protuberâncias, era recortada e cor de pérola, ou talvez de marfim. Lucy estava tão em cima dela que a princípio mal conseguiu perceber do que se tratava. Mas tudo se tornou claro quando reparou na sua sombra. O sol incidia nos ombros de Lucy, de modo que a sombra da coisa se projectava na areia atrás dela. E, pela sua forma, Lucy viu distintamente que era a sombra de torres e pináculos, de cúpulas e minaretes.

«Olha! É uma cidade ou um castelo enorme», exclamou para consigo. «Mas por que o terão construído no cimo de uma montanha tão alta?»

Muito tempo mais tarde, já de regresso a Inglaterra, quando trocava impressões com Edmund sobre estas aventuras, pensaram numa razão e estou certo de que encontraram a verdadeira. No mar, quanto mais fundo se desce, mais escuro e frio fica, e é lá em baixo, no meio da escuridão e do frio, que vivem as coisas perigosas — os polvos, as serpentes e os monstros marinhos. Os vales são os lugares selvagens e inóspitos. As montanhas inspiram nos habitantes do mar os mesmos sentimentos que nos provocam os vales. É nas alturas, ou, melhor dizendo, nos lugares menos profundos, que há calor e paz. Os intrépidos caçadores e os bravos cavaleiros do mar vão para as profundezas em busca de aventuras, mas regressam às elevações na mira de repouso e sossego, de jogos, danças e canções.

Já tinham passado a cidade e o fundo do mar continuava a subir. Agora já só se encontrava a poucos metros abaixo do barco. A estrada desaparecera. Vogavam por cima de uma região semelhante a um parque, coberta de pequenas manchas de vegetação de cores intensas. Foi então — e Lucy quase gritou de entusiasmo — que viu o Povo.

Eram cerca de quinze ou vinte, todos montados em cavalos-marinhos — não os minúsculos cavalos-marinhos que vocês talvez tenham visto em aquários —, mas muito maiores do que os cavaleiros. Devia ser um Povo nobre e majestoso, pensou Lucy, pois vislumbrou o brilho do ouro a cingir algumas frontes e faixas de tecido cor de esmeralda ou cor de laranja flutuando-lhes dos ombros ao sabor da corrente.

Oh, bolas para estes peixes! — exclamou Lucy, pois um grande cardume de pequenos peixes gordos, nadando muito perto da superfície, pusera-se entre ela e o Povo do Mar. Embora isso a impedisse de ver, acabou por ser uma coisa extremamente interessante. De súbito, um peixinho feroz, de uma espécie que nunca antes vira, surgiu de baixo, apoderou-se de um peixe gordo e mergulhou rapidamente com ele na boca. Todo o Povo do Mar permaneceu montado nos seus cavalos a ver o que tinha acontecido. Pareciam estar a falar e a rir. E, antes que o atacante tivesse chegado junto deles com a sua presa, outro peixe do mesmo tipo saiu de entre o Povo do Mar. Lucy estava quase certa de que um grande homem do mar montado no seu cavalo-marinho no meio do grupo o enviara ou libertara, como se o tivesse estado a reter até essa altura na mão ou no pulso.

«Olha, estou a ver. São um grupo de caçadores», pensou Lucy. «Ou de falcoeiros. Sim, é isso. Cavalgam com estes peixinhos ferozes no pulso, tal como nós fazíamos com os falcões quando, há muito tempo, éramos Reis e Rainhas em Cair Paravel. E depois deixam-nos voar, ou, melhor dizendo, nadar direito aos outros. Como...»

Interrompeu-se de súbito, pois a cena estava a mudar. O Povo do Mar tinha-se apercebido da presença do *Caminheiro da Alvorada.* O cardume dispersara-se; e o Povo do Mar estava a subir a fim de descobrir o significado dessa coisa grande e negra que se interpusera entre eles e o Sol. Agora estavam tão próximos da superfície que, se estivessem no ar, e não na água, Lucy teria podido falar com eles. Havia homens e mulheres. Todos ostentavam coroas do mesmo tipo e muitos tinham colares de pérolas. Não usavam qualquer vestuário. Os seus corpos eram da cor do marfim velho e o cabelo de um púrpura-escuro. O Rei, ao centro (era evidente que se tratava do Rei), fitava Lucy com um olhar altivo e feroz e brandia uma espada. Os seus cavaleiros

faziam o mesmo. Os rostos das damas traduziam pasmo. Lucy teve a certeza de que nunca tinham visto um barco ou um ser humano. E como poderia ser de outro modo num mar para além do fim do mundo, aonde nunca chegara um barco?

— Para onde estás a olhar, Lu? — perguntou uma voz muito perto dela.

Lucy estava de tal modo absorta no que via que teve um sobressalto. Quando se virou, descobriu que tinha o braço dormente por ter passado tanto tempo apoiada na amurada sem mudar de posição. Drínian e Edmund estavam a seu lado.

— Olhem — foi a resposta.

Olharam ambos, mas, quase no mesmo instante, Drínian disse em voz baixa:

— Virai-vos imediatamente, Majestades; assim, de costas para o mar. E fazei como se não estivéssemos a falar de nada importante.

— Porquê, que se passa? — perguntou Lucy ao mesmo tempo que obedecia.

— Não é bom os marinheiros verem isto. Os homens ir-se-ão apaixonar pelas mulheres marinhas, ou pelo próprio país submarino, e atirar-se-ão ao mar. Já ouvi falar de coisas dessas que aconteceram em mares desconhecidos. Ver esta gente traz sempre desgraça.

— Mas nós conhecemo-los. Nos tempos de Cair Paravel, quando o meu irmão Peter era o Rei Supremo — explicou Lucy. — No dia da nossa coroação vieram à superfície e cantaram canções.

— Acho que deviam ser de um género diferente, Lu — disse Edmund. — Viviam na água, mas também podiam viver no ar. E acho que estes não podem. Pelo aspecto, teriam vindo até à superfície e começado a atacar-nos se pudessem. Parecem muito ferozes.

— De qualquer modo... — começou Drínian a dizer.

Nesse momento ouviram-se dois sons. Um deles foi um *plop*. O outro foi uma voz, vinda do cesto da gávea, a gritar:

— Homem ao mar!

Seguiu-se uma azáfama geral. Alguns marinheiros correram para recolher a vela; outros precipitaram-se para os remos; e Rhince, que estava de serviço na popa, começou a fazer girar o leme a fim de dar a volta e regressar ao ponto onde o homem tinha caído à água. Mas nessa altura todos perceberam que não se tratava propriamente de um homem, e sim de Ripitchip.

— Bolas para esse Rato! — exclamou Drínian. — Dá mais problemas do que o resto da tripulação toda junta. Se houver algum sarilho à vista, tem de se meter nele! Devia ser posto a ferros, passado por baixo da quilha, largado numa ilha deserta e deviam cortar-lhe os bigodes. Alguém está a ver esse safado?

Tudo isto não queria dizer que Drínian não gostasse de Ripitchip. Pelo contrário, gostava muito dele, e era por isso que se preocupava com ele e isso punha-o de mau humor, tal como a vossa mãe fica muito mais zangada quando vocês correm para a estrada e se metem à frente de um carro do que um estranho poderia ficar. É claro que ninguém tinha medo de que Ripitchip se afogasse, pois era um excelente nadador; mas os três que sabiam o que se passava debaixo de água receavam as longas lanças cruéis nas mãos do Povo do Mar.

Dentro de poucos minutos, o *Caminheiro da Alvorada* tinha dado a volta e todos avistaram um volume negro na água, que era Ripitchip. Tagarelava muito excitado, mas, como a sua boca não parava de se encher de água, ninguém percebia o que dizia.

— Se não conseguirmos que se cale, vai fazer que os outros fiquem a saber tudo — exclamou Drínian. Para impedir que tal acontecesse, correu para o lado do barco e desceu uma corda, gritando aos marinheiros: — Não há problema. Regressem aos vossos postos. Espero não precisar de ajuda para içar um rato. — E, quando Ripitchip começou a trepar pela corda (não com grande agilidade, pois o pêlo molhado tornava-o pesado), Drínian inclinou-se e segredou-lhe: — Não digas uma palavra.

Porém, quando o Rato a pingar chegou à coberta, não deu mostras de estar interessado no Povo do Mar.

— É doce! — exclamou na sua vozinha aflautada. — Doce, doce, doce!

— De que estás a falar? — perguntou Drínian de má catadura. — E não te sacudas para cima de mim.

— A água é doce — disse o Rato. — Não é salgada.

Durante um instante ninguém deu importância a isto. Mas depois Ripitchip repetiu a velha profecia:

E onde as vagas se tornam doces,
Ripitchip, está ciente,
Lá é o Extremo Oriente.

Foi então que, por fim, todos perceberam.

— Dá-me um balde, Rynelf — ordenou Drínian.

Recebeu-o, baixou-o e tornou a puxá-lo para cima. A água brilhava lá dentro como cristal.

— Talvez Vossa Majestade deseje prová-la primeiro — sugeriu Drínian dirigindo-se a Caspian.

O Rei pegou no balde com ambas as mãos, levou-o aos lábios, bebeu uns bons goles e levantou a cabeça. O seu rosto tinha-se modificado. Não só os olhos, mas tudo nele parecia mais brilhante.

— Sim — constatou —, é doce. Isto é que é água a valer. Não estou certo de que não vá matar-me. Mas é a morte que eu teria escolhido, se já soubesse que existia.

— Que queres dizer? — perguntou Edmund.

— É... é melhor do que tudo o resto — disse Caspian.

— É como beber luz — explicou Ripitchip. — Agora devemos estar muito próximos do final do mundo.

Seguiu-se um momento de silêncio e depois Lucy ajoelhou-se na coberta e bebeu do balde.

— É a coisa mais maravilhosa que já provei na vida — disse com uma espécie de soluço. — Mas oh... é forte! Agora é que não vamos precisar de *comer* nada.

E, um por um, todos a bordo beberam. Durante muito tempo permaneceram em silêncio, sentindo um bem-estar e uma força que quase não conseguiam suportar; por fim, aperceberam-se de outra coisa. Como já referi, desde que tinham deixado a ilha de Ramandu, a luz era demasiado intensa, o Sol, demasiado grande (embora não excessivamente quente), o mar, demasiado brilhante e o ar, demasiado resplandecente. Agora a luz não diminuíra (até parecia ter aumentado), mas podiam suportá-la. Conseguiam olhar para o Sol sem pestanejar. Viam mais luz do que alguma vez na vida. E a coberta, a vela e os seus próprios rostos e corpos tornaram-se mais brilhantes; todas as cordas cintilavam. Na manhã seguinte, quando o Sol nasceu, agora com um tamanho quatro ou cinco vezes maior do que costumava ter, fitaram-no com toda a atenção e até conseguiram distinguir as penas das aves que voavam de nascente.

Durante todo o dia praticamente não foi proferida uma palavra a bordo até que à hora de jantar (ninguém tinha vontade de comer, pois a água era suficiente) Drínian disse:

— Não percebo isto. Não corre uma aragem. As velas estão frouxas. O mar está calmo como um lago. E, no entanto, continuamos a vogar como se estivéssemos a ser impelidos por uma ventania.

— Também estava a pensar nisso — disse Caspian. — Devemos estar a ser arrastados por qualquer corrente muito forte.

— Pois é — anuiu Edmund. — Não vai ser muito agradável se o mundo tiver uma borda e nos estivermos a aproximar dela.

— Queres dizer que é possível sermos... despejados por cima dela? — perguntou Caspian.

— Sim, sim! — exclamou Ripitchip, batendo as patinhas. — É como sempre imaginei... O mundo como uma grande mesa redonda e as águas de todos os oceanos sempre a transbordarem. O barco vai cair... afocinhar ... durante um momento vamos olhar por cima da borda ... e depois, para baixo, para baixo, a toda a velocidade...

— E o que pensas que está à nossa espera no fundo? — perguntou Drínian.

— Talvez o país de Aslan — respondeu o Rato, com os olhos a brilhar. — Ou talvez não haja fundo. Talvez continuemos a descer para sempre. Mas, seja como for, não acham que vale a pena ter olhado durante um momento por cima da borda do mundo?

— Mas oiçam lá — interveio Eustace. — Isto é um disparate. O mundo é redondo... redondo como uma bola quero eu dizer, não como uma mesa.

— O *nosso* mundo é — observou Edmund. — Mas este também será?

— Queres dizer que vocês os três vieram de um mundo redondo (redondo como uma bola) e nunca me disseram nada?! — exclamou Caspian. — Que maldade a vossa! Temos contos de fadas em que há mundos redondos e sempre os adorei. Nunca julguei que fossem verdadeiros. Sempre desejei que existissem e sempre sonhei viver num mundo assim. Oh, dava tudo... Pergunto-me por que podem vocês vir até ao nosso mundo e nós nunca podemos ir ao vosso. Quem me dera! Deve ser uma maravilha viver num mundo como uma bola. Já foram até às regiões onde as pessoas andam de pernas para o ar?

Edmund abanou a cabeça e respondeu:

— Não é bem assim. Não há nada de particularmente interessante num mundo redondo quando se vive nele.

16

O MAIS EXTREMO FINAL DO MUNDO

Ripitchip era o único a bordo, além de Drínian e dos dois Pevensies, que se apercebera da presença do Povo do Mar. Mergulhara mal vira o Rei do Mar a brandir a espada, pois considerara esse gesto uma espécie de ameaça ou desafio e quisera resolver o assunto imediatamente. O entusiasmo de descobrir que a água era doce desviara-lhe a atenção e, antes de se voltar a lembrar do Povo do Mar, Lucy e Drínian tinham-no chamado à parte, avisando-o de que não contasse o que vira.

Mas nem era preciso terem-se incomodado, pois nessa altura o *Caminheiro da Alvorada* já vogava numa parte do mar que parecia desabitada. Ninguém, excepto Lucy, voltou a ver o Povo do Mar e mesmo ela só tivera um breve vislumbre. Durante toda a manhã do dia seguinte navegaram em águas pouco profundas, com o fundo coberto de algas. Por volta do meio-dia, Lucy avistou um grande grupo de peixes a comerem as algas. Mastigavam-nas sem parar e moviam-se todos na mesma direcção. «Parecem mesmo um rebanho de carneiros», pensou Lucy. De súbito avistou no meio deles uma pequena Menina do Mar que parecia ter aproximadamente a sua idade — uma rapariga de ar calmo, solitária, com uma espécie de cajado na mão. Lucy teve a certeza de que a menina era uma pastora — ou guardadora de peixes — e de que o cardume era um rebanho num pasto. Tanto os peixes como a menina se encontravam muito perto da superfície. E no preciso momento em que a menina, que deslizava na água pouco profunda, e Lucy, inclinada sobre a amurada, ficaram frente a frente, a primeira ergueu os olhos e fitou o rosto da segunda. Nenhuma conseguiu dirigir palavra à outra e daí a um instante a Menina do Mar desapareceu à popa. Mas Lucy nunca haveria de esquecer o seu rosto, que não parecia assustado nem zangado como os dos restantes membros do Povo do Mar. Lucy sentira simpatia pela menina e tinha a certeza de que esse sentimento fora recíproco. Durante esse momento, tão breve, de certo modo tinham-se tornado amigas. Não parece haver grande hipótese de voltarem a encontrar-se nesse mundo ou em qualquer outro. Mas, se tal acontecer, correrão uma para a outra de mãos estendidas.

Depois disso, durante muitos dias, sem vento nas velas nem espuma no casco, através de um mar sem ondas, o *Caminheiro da Alvorada* vogou suavemente para leste. De dia para dia e de hora para hora, a luz tornava-se mais radiosa, embora continuassem a suportá-la. Ninguém comia nem dormia e ninguém sentia vontade de o fazer, mas tiravam do mar baldes de água maravilhosa, mais forte do que vinho e, de certo modo, mais molhada, mais líquida do que água vulgar; brindavam à saúde uns dos outros, em silêncio, bebendo grandes goles. E um ou dois dos marinheiros que eram homens idosos quando a viagem começara tornavam-se mais jovens de dia para dia. Todos a bordo se sentiam cheios de alegria e entusiasmo, mas não do entusiasmo que faz as pessoas falarem. Quanto mais navegavam, menos falavam e, quando o faziam, era quase num murmúrio. A calma daquele mar apoderara-se deles.

— Que vedes à vossa frente? — perguntou certo dia Caspian a Drínian.

— Só brancura, Majestade — foi a resposta. — Tudo branco, ao longo de todo o horizonte, de norte a sul, tão longe quanto a minha vista alcança.

— É o que vejo também — afirmou Caspian — e não consigo imaginar do que se trata.

— Se estivéssemos em latitudes mais elevadas, Majestade — disse Drínian —, diria que se tratava de gelo. Mas aqui não pode ser. Mesmo assim, é melhor pormos homens aos remos e mantermos o barco contra a corrente. Trate-se do que se tratar, não vamos querer chocar com aquilo a esta velocidade!

Fizeram como Drínian dizia e por isso continuaram a seguir, mas cada vez mais devagar. À medida que se iam aproximando, a brancura não se tornava menos misteriosa. Se era terra, devia ser uma terra muito estranha, pois parecia tão lisa como a água e ao mesmo nível dela. Quando chegaram muito perto, Drínian virou o *Caminheiro da Alvorada* para sul, de modo a ficar com o flanco contra a corrente, e remou um pouco ao longo da beira da mancha branca. Nessa altura fizeram a importante descoberta de que a corrente só tinha cerca de doze metros de largura e de que o resto do mar era calmo como um lago. Isso foi uma boa notícia para a tripulação, que já tinha começado a pensar que a viagem de regresso a Ramandu, sempre a remar contra a corrente, não seria nada fácil. (E isso também explicava por que motivo a pastorinha desaparecera tão rapidamente à popa. Não fora arrastada pela corrente, pois, se assim fosse, ter-ser-ia deslocado para leste à mesma velocidade que o barco.)

No entanto, continuavam sem perceber o que era a coisa branca. Deitaram o escaler à água para ir investigar. Os que ficaram no *Caminheiro da Alvorada* viram o bote penetrar na massa branca. Depois ouviram as vozes dos seus tripulantes (nítidas por sobre a água calma) a falar num tom agudo e de surpresa. Seguiu-se uma pausa, durante a qual Rynelf, à proa do bote, fez uma sondagem; e, quando, depois disso, o escaler regressou, parecia trazer uma quantidade daquela matéria branca. Todos se apinharam num dos lados do barco para ouvir as notícias.

— Nenúfares, Majestade! — gritou Rynelf, de pé à proa.

— Que dissestes? — perguntou Caspian.

— Nenúfares em flor, Majestade — repetiu Rynelf. — Como os de um lago no jardim de uma casa.

— Olhem! — exclamou Lucy, que estava à popa do barco, erguendo os braços molhados cheios de pétalas brancas e de grandes folhas planas.

— Qual é a profundidade, Rynelf? — perguntou Drínian.

— É isso que é curioso, Capitão — respondeu Rynelf. — É grande.

— Não podem ser nenúfares verdadeiros, aquilo a que chamamos nenúfares — disse Eustace.

Provavelmente não eram, embora fossem muito semelhantes. E quando, depois de trocarem algumas impressões, o *Caminheiro da Alvorada* se virou a favor da corrente e começou a deslizar para leste através do Lago dos Nenúfares ou do Mar de Prata (deram-lhe esses dois nomes, mas ficou a ser conhecido por Mar de Prata, que é o que hoje consta do mapa de Caspian), começou a parte mais estranha das suas viagens. Dentro em pouco o vasto mar de onde estavam a sair era apenas uma estreita faixa de azul no horizonte a ocidente. A brancura, agora manchada por uns ligeiros laivos dourados, estendia-se à volta deles por todos os lados, excepto à popa, onde a sua passagem havia separado os nenúfares e deixado uma esteira de água que cintilava como vidro verde-escuro. Aquele mar parecia-se muito com o Árctico; e, se os olhos deles não se tivessem tornado tão fortes como os de águias, o sol a incidir em toda aquela brancura — sobretudo de manhã cedo, quando era maior — teria sido insuportável. E todos os dias, ao entardecer, a mesma brancura fazia durar mais a luz do dia. Os nenúfares pareciam não ter fim. Dia após dia, de todas aquelas milhas e léguas de flores erguia-se um perfume que Lucy achava muito difícil de descrever: doce, mas que não provocava sonolência nem era demasiado penetrante, um perfume fresco, selvagem, solitário, que parecia penetrar no cérebro e fazer sentir que se podia subir montanhas a correr ou lutar contra um elefante. Ela e Caspian disseram um ao outro: «Sinto que não consigo aguentar isto durante muito mais tempo, mas não quero que pare.»

Faziam sondagens com grande frequência, mas só vários dias mais tarde a água se tornou menos profunda, o que se foi acentuando. Chegou um dia em que tiveram de remar para sair da corrente e em que sentiram que avançavam a passo de caracol. E não tardou a tomar-se evidente que o *Caminheiro da Alvorada não* podia continuar mais para leste. Na realidade, só com grande perícia conseguiram fazer com que não encalhasse.

— Arrear o bote! — ordenou Caspian. — E depois chamem os homens aqui à popa. Tenho de falar com eles.

— Que vai ele fazer? — perguntou Eustace a Edmund num murmúrio. — Tem uma expressão estranha no olhar.

— Acho que connosco se passa o mesmo — observou Edmund.

Juntaram-se a Caspian à popa e, dentro em pouco, todos os homens estavam apinhados ao fundo da escada para ouvir o discurso do Rei.

— Amigos — disse Caspian —, acabámos de cumprir a missão que nos tínhamos proposto. Descobrimos o paradeiro dos sete Senhores e, como Ripitchip jurou não mais regressar, quando chegarem ao país de Ramandu, sem dúvida irão encontrar os Senhores de Revílian, Argoz e Mavramorn acordados. A si, Senhor de Drínian, confio este barco, e peço-lhe que regresse a Nárnia tão depressa quanto puder e sobretudo que não aporte à Ilha das Águas da Morte. E dê instruções ao meu regente, o Anão Trumpkin, para conceder a todos os meus companheiros de bordo as recompensas que lhes prometi, pois bem as merecem. Se eu não regressar, é minha vontade que o Regente, o Mestre Cornélius, o Texugo Buscatrufas e o Senhor de Drínian escolham o Rei de Nárnia com o consentimento...

— Mas, Majestade — interrompeu Drínian —, estais a abdicar?

— Vou com Ripitchip ver o Final do Mundo — respondeu Caspian.

Os marinheiros soltaram um murmúrio de desânimo.

— Levamos o bote — explicou Caspian. — Não vão precisar dele nestas águas calmas e podem construir outro na Ilha de Ramandu. E agora...

— Caspian — disse Edmund de súbito, com um ar muito sério —, não podes fazer isso.

— É claro que não — corroborou Ripitchip. — Vossa Majestade não pode fazer isso.

— Pois não — concordou Drínian.

— Não posso? — perguntou Caspian com brusquidão, fazendo por um momento lembrar o seu tio Miraz.

— Peço perdão a vossa Majestade — disse Rynelf da coberta inferior —, mas se um de nós fizesse o mesmo, chamar-lhe-iam desertor.

— Estais a tomar uma liberdade excessiva por vos encontrardes há tanto tempo ao meu serviço, Rynelf — disse Caspian.

— Não, Majestade — contrapôs Drínian. — Ele tem razão.

— Pela Juba de Aslan! — exclamou Caspian. — Pensei que aqui eram todos meus súbditos, e não meus mestres-escolas.

— Eu não sou — disse Edmund. — E digo-te que *não podes* fazer isto.

— Que queres dizer com «não podes»? — perguntou Caspian.

— Que Vossa Majestade me perdoe, o que queremos dizer é que não deve — disse Ripitchip com uma vénia profunda. — Sois o Rei de Nárnia. Se não regressardes, faltareis à palavra dada aos vossos súbditos, sobretudo a Trumpkin. Não deveis meter-vos em aventuras como se fôsseis um indivíduo vulgar. Se Vossa Majestade não der ouvidos à voz da razão, por lealdade, todos os homens a bordo terão de me seguir e de vos desarmar e amarrar até recuperardes o bom senso.

— Muito bem! — exclamou Edmund. — Como fizeram com Ulisses quando ele quis ir ter com as Sereias.

Caspian levara a mão ao punho da espada quando Lucy disse:

— E prometeste à filha de Ramandu que regressarias.

— Bem, é verdade — admitiu Caspian depois de fazer uma pausa. Permaneceu indeciso durante um instante e depois gritou para o barco em geral: — Muito bem, será como desejam. A nossa missão terminou. Regressamos todos. Voltem a içar o bote.

— Majestade, não regressamos todos — disse Ripitchip. — Como já expliquei...

— Silêncio! — gritou Caspian com voz de trovão. — Já ouvi uma reprimenda, mas não estou para ouvir mais lições de moral. Não há ninguém que faça calar esse Rato?

— Vossa Majestade prometeu ser um bom Rei para os Animais Falantes de Nárnia.

— Para os animais falantes, sim. Mas não disse nada sobre os animais que não param de falar — retorquiu Caspian. Galgou a escada de má catadura, entrou no camarote e bateu com a porta.

Todavia, quando os outros foram ao seu encontro, um pouco mais tarde, já o encontraram num estado de espírito diferente. Estava pálido e com lágrimas nos olhos.

— Podia ter-me comportado decentemente, em vez de ter dado largas ao meu mau humor e à minha arrogância. Aslan falou comigo. Não, ele não esteve aqui. Para já, não cabia no camarote. Mas aquela cabeça de leão na parede tomou vida e falou-me. Foi terrível! Que olhos os dele! Não que tivesse sido desagradável comigo, só um pouco severo a princípio. Mesmo assim, foi terrível. Disse... disse... oh, é insuportável! A pior coisa que podia ter dito. Vocês têm de continuar, Rip, Edmund, Lucy e Eustace; e eu tenho de regressar sozinho e imediatamente. Não sei porquê.

— Caspian, meu querido — disse Lucy —, sabias que mais cedo ou mais tarde tínhamos de voltar ao nosso mundo.

— Pois sabia — assentiu Caspian com um soluço. — Mas nunca pensei que fosse tão cedo.

— Vais sentir-te melhor quando voltares à Ilha de Ramandu — insistiu Lucy.

Caspian acabou por se animar um pouco mais, mas a despedida foi dolorosa para todos e não vou deter-me nela. Por volta das duas da tarde, todos abastecidos de alimentos e água (embora pensassem que não iriam precisar de comer nem beber) e com o barquito de Ripitchip a bordo, o bote afastou-se do *Caminheiro da Alvorada* e vogou através do interminável tapete de nenúfares. O *Caminheiro da Alvorada* içou todas as bandeiras e suspendeu todos os escudos na amurada para celebrar a partida.

Visto lá de baixo, rodeado pelos nenúfares, parecia-lhes enorme e acolhedor. E, antes de desaparecer, ainda o viram virar e afastar-se lentamente em direcção a oeste. Embora Lucy vertesse algumas lágrimas, não se sentia tão triste como poderão pensar. A luz, o silêncio, o odor penetrante do Mar de Prata e até (estranhamente) a própria solidão eram demasiado maravilhosos.

Não havia necessidade de remar, pois a corrente impelia-os para leste. Nenhum deles dormia nem comia. Durante toda a noite e todo o dia que se seguiram vogaram para leste e, ao raiar da aurora do terceiro dia — com uma luz tão intensa que vocês ou eu não a teríamos suportado mesmo com óculos escuros —, avistaram uma coisa prodigiosa. Era como se uma muralha se erguesse entre eles e o céu, uma muralha de um cinzento-esverdeado, trémula, cintilante. Foi então que surgiu o Sol e, ao erguer-se, viram-no através da muralha tingir-se das maravilhosas cores do arco-íris. Então perceberam que a muralha era, na realidade, uma onda longa e alta — uma onda interminavelmente fixa num mesmo lugar como tantas vezes se vê à beira de uma catarata. Parecia ter cerca de dez metros de altura e a corrente deslizava rapidamente em direcção a ela. É possível que imaginem que eles tivessem pensado que estavam em perigo. Mas tal não aconteceu. Não penso que alguém tivesse imaginado isso naquela situação, pois agora viam qualquer coisa não só atrás da onda, mas atrás do Sol. Não teriam podido ver sequer o Sol se os seus olhos não estivessem mais fortes devido à água do Último Mar. Mas agora conseguiam olhar para o Sol nascente e vê-lo distintamente e avistar coisas para além dele. O que viam — em direcção a leste — era uma cordilheira de montanhas. Era tão alta que nunca descortinaram o seu cume ou então esqueceram-no. Nenhum deles se recorda de ter avistado céu nessa direcção. E as montanhas deviam estar mesmo fora do mundo, pois quaisquer montanhas, mesmo com um quarto ou um vigésimo da altura, deviam estar cobertas de gelo e de neve. Mas aquelas eram quentes, verdejantes e cheias de florestas e de quedas de água, por muito alto que se olhasse. De súbito soprou uma brisa de leste, que agitou a crista da vaga, desenhando formas cobertas de espuma e que fez ondular a água serena que os rodeava. Isso durou apenas um segundo, mas nenhuma das três crianças irá esquecer a sensação que lhes provocou. Até elas chegou um odor bom e um som, um som musical. Edmund e Eustace nunca mais voltaram a falar disso. E Lucy diria apenas:

— Foi de partir o coração.

— Porquê? — perguntei-lhe. — Foi assim tão triste?

— Triste?! — exclamou Lucy. — Não!

Ninguém no bote duvidou de que o que avistavam ficava para além do Final do Mundo e que era o país de Aslan.

Nesse momento, com um rangido, o bote encalhou em terra. A água era tão pouco profunda que não conseguiam continuar a navegar.

— Aqui é onde tenho de continuar sozinho — anunciou Ripitchip.

Nem sequer pensaram em detê-lo, pois tudo agora era como estava destinado a ser ou em conformidade com o que acontecera antes. Ajudaram-no a arrear o seu barquito. Depois o Rato desembainhou a espada e atirou-a para o mar coberto de nenúfares, dizendo:

— Não voltarei a precisar dela.

A espada ficou na vertical, com o punho acima da superfície. Depois Ripitchip despediu-se dos amigos, tentando parecer triste para os consolar, mas cheio de felicidade. Lucy, pela primeira e última vez, fez o que sempre quisera fazer, tomando-o nos braços e acariciando-o. Em seguida, o Rato entrou precipitadamente no barquito, empunhou o remo e, impelido pela corrente, afastou-se, muito negro contra os nenúfares. Mas não havia nenúfares na onda, que era uma espécie de encosta lisa e verde. O barquito afastava-se cada vez mais depressa, subindo a toda a brida o declive da vaga. Durante uma fracção de segundo, avistaram ainda a silhueta do barco e a de Ripitchip lá no alto. Depois desapareceu e, a partir desse momento, ninguém pode afirmar ter visto Ripitchip, o Rato. Porém, estou convencido de que chegou são e salvo ao país de Aslan e de que ainda lá está, vivo e bem vivo.

Quando o Sol se ergueu no horizonte, as montanhas fora do mundo desvaneceram-se. A vaga permaneceu, mas havia apenas céu azul atrás dela.

As crianças saíram do bote e caminharam com a água pelos tornozelos — não em direcção à vaga, mas para sul, com a muralha de água à sua esquerda. Não poderiam ter-vos dito por que motivo o fizeram; era o seu destino. E, embora se tivessem sentido — e tivessem sido — muito adultos no *Caminheiro da Alvorada,* agora sentiam exactamente o oposto e caminhavam de mãos dadas através dos nenúfares. Nunca se sentiram cansados. A água estava morna e cada vez era menos profunda. Daí a pouco encontravam-se na areia seca e depois na erva — numa enorme planície de erva curta e muito bem tratada, quase ao mesmo nível do Mar de Prata, que se estendia em todas as direcções sem a mais pequena colina.

E claro que, como sempre acontece num lugar perfeitamente plano, sem árvores, era como se o céu descesse ao encontro da erva que se estendia à frente deles. Contudo, à medida que continuavam a caminhar, sentiam-se invadidos pela sensação

estranhíssima de que ali, por fim, o céu se encontrava com a Terra — uma muralha de um azul muito intenso, mas real e sólida, mais semelhante a vidro do que a outra coisa qualquer. E dentro em breve estavam absolutamente certos disso. Agora estava muito próxima.

Mas entre eles e a base do céu havia qualquer coisa tão branca na erva verde que mesmo com os seus olhos de águia mal conseguiam fitá-la. Aproximaram-se e viram que se tratava de um Cordeiro.

— Venham tomar o pequeno-almoço — convidou-os o Cordeiro na sua voz doce e suave como leite.

Foi então que repararam que havia uma fogueira na erva com peixe a assar em cima. Sentaram-se e comeram o peixe, agora com fome pela primeira vez desde havia muitos dias. E era a comida mais deliciosa que alguma vez tinham saboreado.

— Por favor, Cordeiro, é este o caminho para o país de Aslan? — perguntou Lucy.

— Para vocês, não — respondeu o Cordeiro. — Para vocês, a porta que dá acesso ao país de Aslan está no vosso próprio mundo.

— O quê?! — exclamou Edmund. — Então também há um caminho para o país de Aslan do nosso mundo?

— Há um caminho para o meu país a partir de todos os mundos — explicou o Cordeiro.

Porém, enquanto falava, o seu pêlo branco de neve ia-se tingindo de um dourado-escuro, o seu tamanho aumentava e de súbito era o próprio Aslan que se erguia acima deles despedindo luz da juba.

— Oh, *Aslan*! — exclamou Lucy. — Podes dizer-nos como havemos de chegar ao teu país do nosso mundo?

— Dir-vos-ei — foi a resposta. — Porém, não vos direi se o caminho é longo ou curto, mas apenas que fica na outra margem de um rio. Mas não tenham medo, pois sou o grande construtor de pontes. E agora venham; vou abrir a porta do céu e enviar-vos para o vosso país.

— Por favor, Aslan — pediu Lucy —, antes de irmos, importas-te de nos dizer quando voltaremos a Nárnia? E, por favor, faz com que seja em breve.

— Minha querida — respondeu Aslan meigamente —, tu e o teu irmão nunca mais voltarão a Nárnia.

— Oh, Aslan! — exclamaram Edmund e Lucy em uníssono, com vozes desesperadas.

— Já estão crescidos de mais, crianças — explicou Aslan. — Agora têm de começar a ficar mais próximos do vosso próprio mundo.

— Não é Nárnia que interessa — disse Lucy. — És tu Aslan. Lá não te vamos encontrar. E como poderemos viver sem nunca te vermos?

— Mas vão ver-me, minha querida.

— Também lá apareces? — perguntou Edmund.

— Sim. Mas lá tenho outro nome. Têm de aprender a conhecer-me por esse nome. Foi por essa razão que vos trouxe até Nárnia, para que, conhecendo-me aqui por algum tempo, me pudessem conhecer melhor lá.

— E o Eustace também nunca mais vai voltar? — perguntou Lucy.

— Precisas mesmo de saber isso, pequenita? Venham, vou abrir a porta do céu.

Depois, num instante, abriu-se uma fenda na muralha azul (como uma cortina que se rasga) e viu-se uma luz branca e terrível vinda do céu. Sentiram a juba de Aslan e um beijo de Leão na testa e a seguir... estavam no quarto dos fundos da casa da tia Alberta, em Cambridge.

Só é preciso dizer mais duas coisas. Uma é que Caspian e os seus homens regressaram sãos e salvos à Ilha de Ramandu, onde os três Senhores acordaram do seu sono. Caspian casou com a filha de Ramandu e depois foram todos para Nárnia, onde ela se tornou uma grande Rainha, mãe e avó de grandes Reis. A outra é que, no nosso mundo, toda a gente não tardou a começar a dizer que Eustace tinha melhorado e que nem parecia o mesmo rapaz. Toda a gente menos a tia Alberta, que afirmava que ele se tinha tornado muito vulgar e maçador e que isso devia ser por influência daqueles primos Pevensie.

As Crónicas de Nárnia

1 – O SOBRINHO DO MÁGICO
2 – O LEÃO, A BRUXA E O GUARDA-FATOS
3 – O CAVALO E O SEU RAPAZ
4 – O PRÍNCIPE CASPIAN
5 – A VIAGEM DO *CAMINHEIRO DA ALVORADA*